M. A. Mintegi Larraza

COCA-COLA ERDI AROAN

ekin

IBAIZABAL

1. argitaraldia: *1999ko maiatzean, 3 000 ale*
2. argitaraldia: *2003ko maiatzean, 1 000 ale*
3. argitaraldia: *2004ko azaroan, 500 ale*
4. argitaraldia: *2005eko azaroan, 1 000 ale*
5. argitaraldia: *2007ko maiatzean, 500 ale*
6. argitaraldia: *2008ko otsailean, 500 ale*
7. argitaraldia: *2009ko urtarrilean, 1 200 ale*
8. argitaraldia: *2009ko urrian, 1 000 ale*

BILDUMAREN DISEINUA: ANTTON OLARIAGA
AZALEKO MARRAZKIA: IMA MENDIOLA
BARRUKO MARRAZKIAK: IMA MENDIOLA

COCA-COLA ERDI AROAN - 75509
ISBN (10): 84-8325-234-1
ISBN (13): 978-84-8325-234-5
LEGEZKO GORDAILUA: BI-2749-09
IBAIZABAL ARGITALETXEA
48340 AMOREBIETA-ETXANO
TAILER GRAFIKOAK: ZURE S.A.

COCA-COLA
ERDI AROAN

SARRERA GISA

Ataun Gipuzkoan dago, Goierri eskualdean, Nafarroako mugan. Agauntza ibaiak bitan zatitzen du. Menditsua da eta baso zabalak daude ibaiaren bi aldeetan. Erroldan sartutako biztanleak ez dira ugari, gero eta gutxiago, tamalez; baina baso eta haitzuloetan bizi omen direnak bai, ordea, ugari eta harrigarriak gainera.

Dena dela, ez da nire asmoa izaki horiek lerro hauetara ekartzea, Ataunek eman duen gizonik handienak, On Joxe Miel Barandiaran ospetsuak, beraiei buruz makina bat elezahar polit eta harrigarri jasota utzi baitigu. Nire asmoa da, Ataungo erraietan sartutako batean guri gertatutakoa kontatzea, Mikel nire lagun minak eta biok bizi izan genuen abentura ikaragarria ezagutzera ematea.

Hona hemen, bada, zorioneko negu hartan gertatu zitzaiguna.

I
HAITZULOAN

—Aitor, hasi al haiz historiako laburpena egiten? —galdetu zidan Mikelek.

—Zein laburpen? —ez nekien zertaz ari zen.

—Erdi Aroa Euskal Herrian, bando-gerrei buruzkoa —zehaztu zuen.

—Bai zera! Nondik hasi ere ez zakiat. Ez zaukaat batere gogorik gainera. Hori duk rolloa, hi!, Erdi Aroko gatazketan sudurra sartu behar XX. mendea bukatzear dagoenean. Halakorik, moteil! —erantzun nion axolagabe, motxilan arakatzeari utzi gabe, buru-belarri zereginari emana.

—Nik burua hutsik zaukaat —Mikelek ekin—. Irakaslea gaiari buruz ari zela ia lokartu ninduan.

—Ni bezala hago orduan. Ni lokartu ez, baina Miren aurrean nian eta...

—Ahaztu zitzaidaan esatea, lehengoan Jonekin ikusi nian, goxo-goxo diskotekan.

—Ez nauk harritzen. Dena dela, ahaztu kaleko leloak eta goazemak lehenbailehen kobazulora —esan nion, motxila bizkarreratzeko gogoz.

Aizkoate deritzan mendian geunden, Troskaeta kobaren aho ilunaren ondoan, sartu aurretik azken prestaketei emanak. Materiala aztertzen ari ginen: sokak, linternak, ordezko pilak... Azken hauei berebiziko garrantzia ematen genien, behin batez beste kobazulo batean nahiko larri ibili baikinen argitara irteteko. Eskerrak irteeratik urruti ez genbiltzala, bestela... Hala eta guztiz ere, denbora dezente kostatu zitzaigun irtetea.

Negu gorria zen. Hotz argitu zuen eguna. Tenperatura zero azpikoa zen, nonbait. Zeru urdinskan eguzkia gorantz zihoan, zurbil eta indarge, izotzaren zarakar zuria biguntzeko gauza ez zela. Gure aurrean, Txindoki mendiak, elurrezko kapela zuria jantzita, harro begiratzen zuen bailararantz. Haren bizkarrean Aralar mendizerra elurrezko izara azpian zetzan.

Sartu aurretik begiratu bat egin genion. Erakargarri zegoen oso. Egun hartan, alabaina, nahiago genuen lur barneko iluntasuna bortxatzea begibistan geneukan elur geruza gardena baino. Beste batean joango ginen elurrak zuritutako gailurretara.

Izan ere, lur gainekoa gutxietsi gabe, aspaldiko partez liluraturik gintuen lurpeak. Egia esan, sartu gabe ezinezkoa da aditzera ematea bertan ikus daitekeena, haitzuloen goi, behe eta aldamenetan. Arte alorrean aditua ez banaiz ere, ez dut uste natura bezain artista handirik sekulan izan denik, ezta izango denik ere.

Lurpeko edertasun horiek eta kobazuloetako giro bereziak (baretasun, tentsio eta misterio nahasketa), laguntzen ziguten eragozpenak gainditzen. Hauek tupustean sortzen dira lurpean, dena sortzen da tupustean lurpean, egia esan, linternen argiak beti ekartzen baitizu zerbait berezia begi-ninietara, espero gabe sarritan. Hauxe da, nonbait, aipatu giro bereziaren eragilea.

Sartu ginen. Ohi bezala, orduko hartan ere, lur barneak ez zigun inolako erraztasunik eskaini. Batzuetan zutik, besteetan makurturik eta sarri arrastaka, barruratuz joan ginen. Behin baino gehiagotan sokek lagunduta joan ere. Jakina, oztopoek erakargarriagoa egiten zuten abentura, oztoporik ezean xarma galduko zuen, dudarik gabe.

—Areto nagusitik gertu egon behar diagu —esan zidan Mikelek halako batean—, putzura ailegatzear.

—Atseden hartuko diagu bertan.

—Baita zeozer jan ere, gose ikaragarria zaukaat —jakinarazi zidan lagunak.

Igarri bezala, aurki iritsi ginen toki berezira, erdian putzu bat zeukan gela zabalera. Zoragarria zen bazterra! Dena polita zen, baina batez ere sabaialdea, estalaktitaz jositako sabaialde luzea. Ikusgarriak ziren hauek egiten zituzten irudi abstraktuak. Denbora luzea egon ginen begira, isilik, uneaz gozatuz. Azkenean, ordea, tripa-zorriak protestaka hasi zitzaizkigun. Amore eman genien, noski, gustura eman ere, ongi irabazia baikenuen otordua.

—Eta orain, zer? —galdetu zidan Mikelek, sabela bete orduko.

—Ez zakiat. Hemendik aurrera ez omen zagok ezer berezirik. Garaiz gaudek, halere, joan aurretik azterketatxo bat egiteko.

Ez duk berandu eta politegia duk toki hau.

—Aurrera, bada!

Putzua inguratzen hasi ginen, argia zoko guztietara bideratzen, azken xehetasuna ere jasotzeko argitara irten aurretik. Halako batean, Mikelek dei egin zidan.

—Aitor, hator hona! —harridura nabaria zen haren tonuan.

—Zerbait aurkitu al duk?

—Bai, pasabide estu bat, urradura modukoa harkaitzean, ataka bat edo.

—Pasabide bat, diok? —harritzekoa zen, haitzuloaren gainean bildutako informazioan ez zen ataka edo zena zelakoa aipatzen, eta haitzuloan izandako askorekin bilduak ginen sartu aurretik—. Inork ez dik aipatu ere egin, ezta?

—Inork ere ez. Barrura noak. Harkaitzean eginiko pitzadura bat izango duk, besterik ez.

Ahal zuen moduan, estua zenez oso, egin zuen barnera lagunak. Berehala galdu nuen bistatik. Puska batera oihu egin nion:

—Mikel! Non habil? Ezer berririk bai?

—Ez, pasabidea zabalduz zoak, baina orain arte ez diat ezer berezirik ikusi, beherantz egiten duela soilik —zulo estuak tonu berezia ematen zion ahotsari.

—Erne ibili. Itxaron pixka bat, ni ere banoak eta —sartzea erabaki nuen.

—Hator, bai. Ni aurrera noak. Poliki joango nauk.

Motxila eskuan hartuta, trabeska ibiliz, zeharkatu nuen harri hezean eginiko sarbidea. Metro batzuk aurrerago zabalagoa zen. Aurreraxeago ezkerrera egiten zuen, bihurgune bat eginda. Ez nuen lagunaren arrastorik ikusi.

—Mikel! —oihu egin nion motxila bizkarreratu bitartean.

—Ondo nagok —urrutitik bezala iritsi zitzaidan Mikelen ahotsa—. Hator! Kontuz ibil hadi, ordea, bidea zabalagoa bada ere, pendiza handia duk, eta lurra irristakorra zagok.

Abiatzeko puntuan, ahotsaren oihartzunak ezabatu berriak artean, zaratots motel bat iritsi zitzaidan Mikel zebilen aldetik. Erne jarri nintzen, sentimenak atezuan, susmo ilun batek kezkarazita. Segundoak pasatzen joan ziren eta ez nuen beste hotsik aditu. Isiltasuna astun bihurtu zen.

—Mikel! —deiadar egin nuen azkenean.

Nire deiak ez zuen erantzunik izan.

—Mikel!! Mikeeeeel!!! —hots egin nion ero moduan.

Behin eta berriz urratu nuen batek daki noiztikako isiltasuna. Deiadarrak, harrizko paretetan talka eginda gero, oihartzun bilakaturik jaso nituen. Gero isiltasuna berriro. Isiltasun astuna! Larritu egin nintzen, biziki larritu. Beste saio bat egin nuen, ia eztarria urratu arte. Alferrekoa hura ere. Beldurrak hartuta, arestiko poza erabat desagertuta, zer egin ez nekiela egon nintzen lipar luze batean.

Azkenean, bihotza bortizki taupaka, aurrera egin nuen, pasabidetik barna Mikel galdutako bihurgunerantz. Linternaren argi dardartiak ilunbea ozta-ozta urratzen zuen. Paretak leunak ziren, hezeak, likatsuak zenbait tokitan. Eta barneratuz joan ahala, Mikelek esan bezala bidea aldapatsuagoa izateaz gain, gero eta irristakorragoa zen, metrotik metrora areago. Forma zehatz gabeko tutu batetik nindoala zirudien. Linternaren argi ahulak —batek daki beldurrak ez ote zizkidan begiak lausotzen—, harrizko pareta biluziak jartzen zizkidan agerian, besterik ez. Ilunak ziren oso.

Halako batean irrist egin eta oreka galdu nuen. Linterna hegan joan zitzaidan eskutik. Zas!!! Begi hertsi-ireki batean, ia konturatu gabe, ilunpetan galduta, naturak eginiko txirrista batetik behera joan nintzen, hankaz gora jausita. Eta unetik unera abiada handiagoa zen, ikaragarria, zoroa…

Geraezina!!!

II
EGUN-ARGITAN

Argia berriro ikusi nuenean, une luze batez zorabiaturik gelditu nintzen, zeharo harrituta. Nola arraio zitekeen...? Izan ere, gogoan nuen azkena beltza zen, ilunpeetako munduaren isla, jauskera geraezin baten oroitzapen latza. Nahastuta nengoen, guztiz nahastuta.

Argipekoari itxura ematen ahalegindu nintzen. Horrela, behe-lainoa ezabatzen denean bezala, joan ziren sortzen nire inguruko irudiak, poliki-poliki baina etengabe. Belar lakatzazko malda piko batean etzanda nengoen luze-luze, zeru hits baten pean, zuhaiska ugari zituen mendi baten hegalean. Belarrezko zoru malguak jauskera bigundu zidan nonbait.

Sena berreskuratu orduko lohadarrak mugitu nituen. Min sentitu arren, min handi samarra, gorputza oso-osorik eta kalterik gabe neukan. Poztuta, nire gibelerantz begiratu nuen, maldan gora hain zuzen, eroritako zuloaren bila. Harritu egin nintzen, izugarri harritu: han ez zen zulorik, ikusmenean ez behintzat. Makina bat aldiz begiratu eta alferrik, pendiz belartsuan ez zegoen inolako zuloren aztarnarik. Ikaragarria zen. Begiak kliskatu nituen. Ez, ez nenbilen ametsetan. Ez, zeren maldaren buruan, hara!, Aizkoateko haitzak hantxe, Mikel eta biok sarturiko kobazuloaren gainaldeko gailurreria. Ez nengoen, ordea, kobazuloa zegoen hegalean, kontrakoan baizik.

Garbi zegoen jauskeran mendia zeharkatu genuela. Genuela...? Mikel etorri zitzaidan gogora. Ene! Eta Mikel? Non zegoen Mikel?! Bat-bateko gogoetak larritu ninduen. Alde guztietara begiratu eta zuloa bezala hura ere auskalo non. Dei egin nion. Alferrik. Mendi hegalean galdu ziren nire deiak.

Estutu egin nintzen. Estualdiak, zorionez, gogoa bizkortu zidan. Luzapenik gabe haren bila jo behar nuen. Baina nora? Non demontre zegoen? Ez nuen tutik ere ulertzen. Mendiaren erraietan artean? Zein egoeratan? Nirea, esan bezala, ona zen, urradura arin batzuk salbu oso-osorik nengoen eta. Oso-osorik eta jauzia gertatu aurretik bezala, motxila aldamenean bainuen, dozena erdi metrora, eta linterna eskuan, bortitz helduta, noiz eta nola berreskuratu nuen jakin ez banekien ere.

Zutitu egin nintzen. Ordua jakin nahi izan nuen. Erlojua ez zebilen ondo. Kristal likidozko pantailatxoan hizkiak keinuka zebiltzan. Zerurantz begiratu eta eguzki hitsak, artean altu samar, arratsaldean nengoela adierazi zidan. Begirada lurrerantz bideratu nuen. Egin orduko sor eta lor gelditu nintzen.

Non arraio nengoen? Hura eromena!

Atzealdekoa Aizkoateko gailurreria zen, dudarik ez; urrutiago, Gipuzkoa eta Arabako mugan, Aizkorri mendizerra ikus nezakeen, zuri-zuri eta diz-diz arratsaldeko argi gorriskaren pean; eta gertuago, beherantz begiratuta, Ataun herria bitan zatitzen duen Agauntza ibaia eta ibar estuaren beste alde malkartsua. Dena zen ezaguna; baina... aldatuta, zeharo aldatuta zegoen! Izan ere, non demontre zeuden ibarraren luze-zabalean hedaturiko baserri eta auzoak, nik txikitandik ezagutzen nituenak? Non arraio zegoen Nafarroara zihoan errepide estu eta bihurgunetsua? Eta mendian?... Mendian neguak soilduriko pago eta hosto galkorreko zuhaitzak nonahi ikus zitezkeen, eta ez nik gogoan nituen pinu zakarrak. Sinesgaitza zen! Aizkoateko gailurreriak soilik eusten zion nik ezaguturiko itxurari, aldatu gabe zegoen.

Imurtxi egin nion besoari. Mina sentitu nuen, berehala. Zalantzaren bat banuen ezabatuta gelditu zen: ez nenbilen ametsetan, ez horixe. Hala eta guztiz ere... Zoratzeko modukoa zen! Ordu gutxitan jaio eta bizi izan nintzen eskualdea erabat aldatuta ikusten nuen: ez pinurik, ez pistarik, ez baserririk mendian...; eta, ibarrean… herririk ez! Non ote zegoen, non arraio!, Ataun herri luzea, nire aitona-amonen herria? Ordu batzuk lehentxeago zegoen alderdian eraikin batzuk ikus nitzakeen, zatarrak oso, nik gogoan nituenekin antzik ez zutenak inondik ere. Dorre luzea zuen eliza guztiz berezia zen, zaharra baino zaharragoa, eta, haren inguruan sakabanatuta zeuden etxeak, borda modukoak.

Non arraio...?

Zur eta lur egina nengoen. Sekulako nahasketa neukan buruan. Galderek ez zidaten bakean uzten: non ote zegoen Mikel?; non herria, baserriak, errepidea, pistak, pinu nazkanteak?... Non arraio?!

Eromenari aurre egin behar nion, eta agudo gainera, denbora gehiago galtzeke. Eta, ahal izanez gero, burua galdu gabe jardun, egoera hartan zaila izan arren. Horrela, ibarrera joatea erabaki nuen, laguntza eske. Abiatu aurretik, halere, azken begiratua eman nion inguruari, ez dakit zenbatgarrena. Garbi zegoena ziurtatu besterik ez nuen egin: Goierrin nengoen, bai, nahiko ongi ezagutzen nuen eskualdean; baina ordu batzuk lehenago ametsetan ere irudikatu ezingo nuen Goierrin. Ikaragarria!

Jarraian motxila arakatu nuen. Kobazulora eramandako guztia sartu bezala zegoen barruan, ez zen ezer falta: Coca-Cola poteak, jaki batzuk, txamarra, botikina, eskaladako soka mehea, prismatikoak eta linterna. Hantxe zeuden, nahas-mahas eginda, baina motxilan.

Araketa bukatuta maldan behera bideren baten bila abiatu nintzen. Egin aurretik, ordea, erlojua orduan ipini nahi izan nuen, gutxi gorabeherako ordu batean, noski. Alferrik saiatu nintzen, erloju digitalak keinuka segitu baitzuen. Hura ere harritzeko modukoa zen. Baina, egia esan, zer ez?

Gogoetek estututa, biziki estututa, bideska batera iritsi nintzen. Aurkikuntza xumeak pittin bat lasaitu ninduen, pittin bat soilik.

III
BASETXEA

Oinatzen bila alferrik jardun eta gero ibarrerantz abiatu nintzen. Beherantz nindoala ia ez nion begirik kendu ikusmenean nuenari. Nola kenduko nion! Orografia, aldeak alde, ezagutzen nuen berbera zen. Erliebeari zegokionean, noski, zeren azalekoa, esan bezala, erabat aldatuta baitzegoen: baso ugari eta giza-arrasto urri ikus nezakeen. Ataun ez ezik, bi kilometrora egon behar zuen Lazkao herria ere, desagertuta zegoen. Nik ezagutzen nuen Lazkao, noski. Honen lekuan, etxe multzo txikia eta, han-hemenka, zenbait borda zatar besterik ez nuen ikusten.

Hura zen, hura! Aztikeriaren batek nire eskualdea azpikoz gora aldatua zuen... Zerk bestela? Ez nekien zer pentsatu. Burura zetorkidan guztia iluna zen oso.

Ikaragarria zen!

Baso batera iritsi nintzen. Pagadi bat zen, trinko samarra, baina pagoen artean harkaiztegiko zenbait zuhaitz mota ere ikus zitekeen: hurritzak, elorriak eta gorostiak, batez ere. Sartu orduko berriz ere begirada lurrerantz bideratu nuen, zuhaitzen gerizpean oinazpikoa bigunagoa baitzen, orbelez osaturiko zorua. Horrela, gorostiek babesturiko bide-bazter batean, mendiko boten oinatzak ikusi nituen lokatzetan. Ez ziren bakarrak, haien inguruan gehiago eta ugariago zeuden, baina auskalo zein oinetako motatakoenak. Besteak, berriz, Mikelen botenak ziren, zalantzarik gabe, berri samarrak artean, gainera.

Bizirik zegoen, gauza zen ibiltzeko, eta ez nuen uste urruti ibil zitekeenik. Honek poztu eta adoretu egin ninduen. Aurkitu egin behar nuen, Mikel ere ni nindoan toki berera zihoan ziurrenik, topo egindako beste haiekin. Zergatik, ordea, ez zen nire bila aritu?... Honek harritzen ninduen, harritu eta... baita larritu ere, noski. Hargatik, lehenbailehen aurkitu behar nuen, eta aurkitu orduko lehendabizi orainari eta gero etorkizun ilunari aurre egin behar genion, biok bat eginik. Izan ere, garbi zegoen gure garaitik kanpo genbiltzala, denboran atzera-edo eginda, eta dezente gainera.

Ez nekien nola (nola jakin?), baina ederra egin genuen!

Berriz ere dei egin nion nire adiskideari, oihu egin nuen eztarria urratu arte, basoko bakea hondatuz. Alferrik, orduko hartan ere ez nuen erantzunik jaso, baso soilduan galdu ziren nire deiadarrak.

Abian jarri nintzen. Laster, errekasto batek bidea zeharkatutako tokian, berriz ere oinatzak ikusi nituen. Aurreko berberak ziren: Mikelenak eta beste ezezagunenak. Oker ez banengoen lauzpabost lagunekin zihoan. Lagunekin...?

Arratsalde hartan bertan jakin behar nuen!

Basoa trinkotasuna galtzen zihoan neurrian bideska zabalagotuz joan zen. Orbelak estaltzen zuen haren luze-zabalera, izotzak gogorturiko orbelak, udazkenak urtero hedaturiko tapizak. Haren gainetik jarraituz gero, gaur egun Ataungo San Martin auzoa dagoen alderdira iritsiko nintzen, eta luze gabe gainera.

Basoak, ordea, beste ezusteko bat eman behar zidan. Leku batean bideak bihurgune itxia egiten zuen, harkaitz bat inguratzeko. Hura hartu eta mutiko batekin egin nuen topo. Ahuntz argal bat zeraman, soka batekin lepotik helduta. Ikusi orduko elkarri begira geratu ginen, mutikoa ikaratuta eta ni harrituta, erabat biak. A ze nolako itxura harena! Samaldean txano zabala zuen atorra moduko jantzi luzea zeraman jarrita, piltzar bat, zoldaz eta urraduraz josita; gerriko zabal batek, zabala eta zatarra, itsatsi egiten zion soin meharrari; eta, antza, baita ere atorraren azpian zeramatzan galtzak, lohiak desitxuraturiko artilezko galtzak.

Une batez, harri eta zur, begira egon zen mutiko zarpaila. Bat-batean, ordea, nire azterketa haren oinetara iritsi baino lehen, sokari bortizki tira eginez hanka egin zuen. Amen batean bistatik galdu nuen.

Aho bete hortz utzi ninduen. Alabaina, uneko harridura gaindituta, tximista bezain azkar joan nintzen haren atzetik.

Korrikaldiak basoaren agerrune batera eraman ninduen. Haren erdian borda gisako eraikuntza bat zegoen, arrunta oso, zabarra. Paretak harrizko eta buztinezkoak ziren, gainaldea zotalezkoa, eta aurrealdean zurezko ate bat eta bi leihatila txiki besterik ez zituen. Zotaletan eginiko zulo batetik kea ateratzen zen.

Bertara bideratu zen mutikoa, korrika biziari eutsiz, izuak hegoak ipinita hanketan. Txabolara iritsitakoan, sorbaldarekin ateari bultza eta, animaliarekin batera, barruan sartu zen.

Itsu-itsuan joan nintzaion atzetik, zuzen--zuzenean etxolarantz, txabola barrukoa edo barrukoak kontuan hartu gabe. Hala ere, azken momentuan, ate ondora iritsi nintzenean, aldamenean zegoen egur pilotik makila bat hartu nuen badaezpada ere. Hura eskuan nuela ateari bultza egin nion.

Sartu orduko ia atzera egin nuen. Txabolako giroak gerarazi egin ninduen. Itogarria zen, nardagarria, kiratsez betea. Estreinako bafadak okada bortitz bat eragin zidan. Larri ibili nintzen goragaleari eutsi ahal izateko. A ze nazka! Eta, antza zenez, bertan bizi zen mutikoa. Bera, bere familia eta... Begiak barruko iluntasunera egokitutakoan ohartu nintzen hala gizakiak nola animaliak denak elkarrekin bizi zirela bertan. Txirotasunarekin batera, begi-bistan zegoen, zikinkeria zen nagusi toki hartan. Hasieran, halere, itsututa egon nintzen, keak eta ilunpeak eginiko atmosferak itsututa; geroxeago etxolako gauzak sortuz joan ziren, zirriborrotsu sortu ere, barrualde ilunean. Zorionez, ez nuen etsairik aurkitu; bai, ordea, bazter batean mutikoa ikusi. Bere ama izango zenaren ondoan zegoen. Emakumeak haur bat zuen besoetan, eta ikaratuta begiratzen zidan, semeak bezala.

Begiratu azkarra eman nion barruari. Anabasa zen nagusi, utzikeriarekin batera, noski. Txabolako bazter batean bertakoen azienda zegoen: hiru ahuntz, behi gosekil bat eta oilo batzuk; erdi-erdian, beheko su modukoa zena, harrizko esparru txikia. Honen gainean, sutik gertu, pertza zegoen, hiruoineko batetik zintzilikatua. Sabaian tximinia gisako zuloa zegoen. Nolanahi ere, ke handiena barruan gelditzen zen, giro kiratsa areagotuz.

Jainkoarren! Non nengoen? Zer ote zen hura: historiaurreko irudi bat apika? Banekien denboran atzera joana nintzela, begibistan zegoen, sinesgaitza bazen ere. Zein arotara, baina?

Ikaragarria zen!

Hotzikara batek burutik oinetara inarrosi ninduen.

Mugitzeko premia nuen. Makila bazter batera bota nuen. Gero, nire pake asmoa erakusteko besoak zabalduta, pauso batzuk eman nituen aurrerantz.

—Ez izan beldurrik —esan nien aurrera nindoan bitartean—, ez dut inolako asmo txarrik, zuekin hitz egitea, besterik ez. Sinets iezadazue, ez dut asmo txarrik, benetan! Lagun baten bila nabil. Ikusi al duzue? Ni bezalakoa da, berezia... zuentzako.

Axal hutsa zen emakumeak ez zuen txintik ere esan, ezta jarrera aldatu ere, begiak zabal-zabalik beha jarraitu baizik. Azkenean, ordea, hitz egin zuen.

—Ikusten duzuna baizik ez dugu —lapurtzat hartu ninduen nonbait—. Beharra da etxe honetako nagusia. Gupida zaitez gutaz.

—Ez didazu ulertu. Berriro esango dizut, hitz egin besterik ez dut nahi, nire laguna ikusi duzuen ala ez jakin, horixe bakarrik. Ni ez naiz lapur bat. Ulertzen?

—Jentila al zara? —galdetu zidan emakumeak, zertxobait lasaiago—. Itzuliak zarete atzera?

—Jentila?... Zer jentil eta zer jentil oste, ni beste garai batekoa izango naiz, baina zuek bezalakoa!

—Azti bat agian?

—Ez, gazte arrunt bat. Nola arraio ulertaraziko nizueke... Ez al duzue ni bezalako bat ikusi?

—Athaunera eraman dute —esan zuen amaren magalean babesten zen mutikoak.

—Ataunera? Nork eraman du?

—Gizonek, gizon gaiztoek, lapurren lagunek.

Ataunera... Tira, zerbait banekien, ordu erdi eskas eta iritsiko nintzen herrira... edo garai hartan zena zelakora. Baina gizon gaiztoek eramanda... Kezkatu egin nintzen.

—Gizon gaiztoekin esan duzu? Zein gizon gaiztoekin?

—Athaungo gudagizonekin.

—Gudagizonekin?... Zein urtetan gaude? —galdetu eta gero konturatu nintzen gizagaixo haiek nahikoa zutela urtaroaz arduratzearekin, euren bizimodu latzak ez baitzuen daten beharrik.

—Neguan gaude —esan zuen emakumeak—. Laster hasiko da eguna luzatzen.

Toki zikin hartan eginiko egonaldia amaitzea erabaki nuen. Ilundu aurretik mugitu beharrak lagundu zidan erabakia hartzen. Ez nuen uste, gainera, gizagaixo haiek argibide gehiago emateko gauza zirenik. Halaber, arratsaldeko haize hotzaren beharra nuen, behar handia.

—Zenbat gizon ziren? —galdetu nion mutikoari.

Esku bateko hatzak erakutsi zizkidan.

—Eta Ataunera eraman dute —ekin nik.

—Bai, Athaunera. Gizon gaiztoek —mutikoak baieztatu.

Alde egin aurretik azken begiratua eman nion barrualdeari. Gure garaiko kortak txukunagoak direla pentsatu nuen. Kanporatutakoan, arnasa sakon hartu nuen eta, aspaldiko partez, baita atseginez ere ipar-haizearen hoztasuna.

IV
ATXILOTUA

Txabolatik irten, arnasa sakon hartu, eta bizkor abiatu nintzen ibarrerantz. Ez nindoan sartu aurretik baino lasaiago, inondik ere ez, mutikoaren hitzek kezkarazita baizik. Gaiztoak, gudagizonak, lapurren lagunak... Ez nuen tutik ere ulertzen. Ataungoak gaiztoak baziren, nongoak ote zintzoak? Nongoak ote, halaber, lapurrak? Hura nahasmena!

Nire susmoak ilun samarrak ziren. Argitzeko gogoa handia, bestalde. Gizagaixo haiek ikusita, baina, gerorako utzi nuen buruan pilaturiko galdera mordoa, herrian egiteko, basotik gertu baitzegoen, bost bat minutura.

Baso ertzetik hobeto ikusi ahal izan nituen ibarreko baserriak. Erdi ezkutatuta zeuden zuhaitzen artean, sakabanatuta ibaiertzetan, eta lursail txikiak zituzten inguruan. Arras bereziak ziren, arestian ikusitako txabola baino itxurazkoagoak bai, baina zabarrak: baserri baino borda itxura gehiago zuten. Gisa hartakoak ez nengoen sekula ikusita, ezta antzinako argazki eta marrazkietan ere. Egia esan, ordura arte ez nintzen batere kezkatu arbasoen bizimoduaz, eta are gutxiago beraien etxeez, noski. Nolanahi ere, begien bistan nituenek aditzera ematen zidaten denboran sekulako jauzia egina nuela, izugarria.

Urduri oso, bide zabalago batera iritsi nintzen. Gurdi arrastoak nabarmenak ziren. Begien aurrekoa gogoan nuenarekin alderatuz, konturatu nintzen egun San Martin auzoa denera iristear nengoela (egun San Gregorio eta Aia dira auzo nagusiak eta San Martin, nolabait esateko, herri luzearen bizkarrezurra). Bertaratzeko, beraz, arboladi bat zeharkatu eta egun hilerria dagoen malda jaitsi besterik ez nuen egin beharko.

Norbaitekin mintzatzeko gogo bizia nuen (beldurra ere bai, noski, eta ez txikia, dena esan behar badut), Mikel aurkitzeko eta baita behingoz korapilo hura askatzeko ere. Hau ez nuen zaila ikusten, batere ez, balizko gizon gaizto eta guzti. Gerokoa, ordea, denboran zehar aurrera egitea alegia, hori bai, ia ezinezkoa.

Pentsatze soilak ilea lazten zidan. Nola arraio...?

Halaxe nenbilela, gogoetekin lehia bizian, zuhurtasuna guztiz galduta, bat-batean, plaust!, pago artetik sorturiko zenbait lagun etorri zitzaizkidan gainera. Iraupen-senak aginduta aurre egin nahi izan nien, egin ere (ostikada galanta jaso zuen batek), baina laster eraitsi ninduten.

Hiru ziren erasotzaileak, bi gazte bizardun eta gizon adintsu bat, bizarduna hura ere, buruzuria. Gazteek besoetatik eta zangoetatik eusten zidaten bitartean, besteak ezpata motz bat ipini zidan bularrean. Lehenak arlote samarrak ziren; ezpataduna, berriz, dotoreago jantzita zegoen, besteak baino txukunagoa ere bazen. Hirurek, halere, atorra moduko jaka, gerriko zabala, artilezko galtzak eta larruzko oinetakoak zeuzkaten. Kinka larri hartan gogora etorri zitzaidan Ataungo jaietan jentilen jaitsiera deritzan ikuskizuna.

—Mugitzen bahaiz hireak egin dik —esan zidan zaharrak, ezpatari eraginez.

Sekulako bihotzondokoa eman zidan burdinaren mutur zorrotzaren ziztadak! Odola izoztu egin zitzaidan. Tentuz ibili behar nuen, gizona ez zebilen txantxetan, ez horixe, prest zegoen mehatxua betetzeko. Begiak zabal-zabalik, ikarak eraldatuta, geratu nintzaien begira, hitzik plazaratu ezinik, estu-estu.

—Ez dut ezer egin —asmatu nuen azkenean, ondo kostata, hori bai—, ez naiz gaizkile bat, galduta dabilen gazte bat baizik.

—Hago isilik —arestian baino lehorrago besteak—. Itxurak salatzen hau. Mendian izaki harrigarriak bizi dituk, eta hi haiz horietako bat, ez saiatu guri ziria sartzen.

—Oker zaudete, oso oker, euskalduna nauzue, zuek bezala, beasaindarra naiz eta, goierritarra!! Jakingo duzue ba Beasain, nire herria, hemendik bost bat kilometrora dagoela, ezta? Ala Beasain ere... Hau eromena! —jarraitu nuen, kasik arrenka—. Benetan! Laguna eta biok Troskaeta kobazuloan genbiltzala, erori eta ez dakit nola arraio zuen garaian azaldu gara, gezurra badirudi ere. Sinets iezadazue, haren bila nabil, nire lagunaren bila.

—Zula iezaiozu bihotza! —esan zion gazteetako batek, nire hitzek beldurtuta nonbait—. Aditu diozu. Lur barnetik omen dator... Tira, ez zalantzarik izan!

Egin egingo zuela iruditu zitzaidan une batez, une luze batez, dudatan egon baitzen. A ze larrialdia! Azkenik, buruari eragin, eta hauxe esan zuen:

—Ez, deabru edo lur barruko izakia bada, lehenik apaizarengana eraman behar diagu, berak erabaki dezan zer egin. Berak bakarrik dik ahalmena gu eta gutarrak izaki gaiztoen madarikaziotik aske uzteko. Jainkoaren babesetik alde eginak Haren zerbitzarien eskuetan utzi behar ditiagu, ez ahaztu.

—Esplikatuko dizuet...

—Zer esan nahi duk hitz horrekin? —hasi eta batera kendu zidan hitza buruzuriak.

—Azalpenak ematen uzteko.

—Hago isilik lotsagabe alaena! Emango dizkiok eman beharrekoari, baina eskatutakoan soilik. Ordura arte hago isilik, deabru hori! Suak erakutsiko ziguk hire benetako izaera, ez aho zikin horrek —orroa egin zuen.

Eguzkia hodeiertzean galtzera zihoala, izuak erabat ahulduta ninduela, iritsi ginen ibarrera, galdutako Ataunera. Eliza gaur dagoen inguruan zegoen orduan ere. Guztiz bestelakoa zen, ordea, txikiagoa eta zurezkoa neurri handi batean; dorrea, berriz, zurez eta harriz zegoen eginda. Inguruan bospasei baserri eta etxe bi zeuden. Ez zuen zerikusirik nik ezagutzen nuen San Martin auzoarekin, noski;

baina, azkenean, kostata bada ere, tankera hartu nion, batik bat inguruari.

Zuzenean elizara eraman ninduten. Ez nuen arimarik ikusi baserri inguruetan, zakur argal batzuk besterik ez. Hotzak, nonbait, etxeratuak zituen bertakoak. Zabaldu zutenean aiene zorrotza egin zuen elizako ate sendoak. Bultzaka zeharkatu nuen. Barrunbea iluna zen; beldurgarria oso, isiltasuna. Aldare inguruan argi dardarti bat zegoen, gainerakoa ilunpetan.

Ilunpeetatik sortu zen barrua bezain goibela zen gizona, beltzez jantzitako gizaseme argala eta luzea, itxuraren arabera apaiza zena. Patxaroso hurbildu zen geunden tokirantz. Ni ikusita zur eta lur geratu zen.

—Hara! Baina, baina...? Aitaren eta semearen... —esan zuen harrituta, deabruaren aurrean egongo balitz bezala—. Non harrapatu duzue?

—Pikandieta inguruan. Lur barnetik omen dator. Oihuka ibili da guk harrapatu aurretik —esan zion taldeburuak.

—Lur barnetik!? Jainkoak lagun diezagula! Lur barneko bat! Deabruaren seme bat, garbi dago, ikusi besterik ez da egin behar. Hori itxura, hori! Jainkoaren izenean!

—Zer deabru eta deabru ondo! —esan nuen, haserre eta izututa, ozenki—. Kristaua naiz, zuek bezala!

—Kristaua...? Hago isilik deabru halakoa! —ni baino ozenago apaizak—. Ez aipatu ere egin ilunpeetara jaurtiki hinduenaren izena, ken ezak aho bekatari horretatik!

—Bota dezagun sutara —gazteetariko batek.

—Ez, ez Lazkaoko Jauna ikusi baino lehen. Ergoena inguruan dabil, napar-lapurren bila. Etorri arte eliz-dorrean sartuko dugu, ez du alde egiterik izango, hegorik ez du-eta gora egiteko.

Lazkaoko jauna. Aldameneko herriko jaunaren jopu izango ote ziren ataundarrak? Ergoenan baldin bazebilen, gu geundenetik bost bat kilometrora zebilen, Ataungo beste auzo batean. Gogora etorri zitzaidan bertako sagardotegia, Aitor eta biok behin baino gehiagotan izandako sagardotegia, noski.

—Beasaindarra naiz baina! Beasainen Igartza jauregia...

—Isiltzeko!! Zer nahi duk, Igartzako aitonen semea nahastu, Igartzakoen izen garbia hire hitzekin zikindu? Lotu ezazue zutabean eta deitu auzotarrei, elizkizun berezia egingo dugu Jaungoikoaren nahia bete arte, gizaki honen gaiztakeriatik gorderik egon gaitezen. Bizkor, egin dezagun ilundu aurretik.

Agindua bete zuten. Luze gabe hasi ziren bertaratzen ingurukoak. Ni ikusi orduko otoitzak marmartzen hasten ziren, zeharka begiratzen zidaten, erabat izututa.

Ni gero eta harrituagoa nengoen. Igartza aipatu zuen apaizak. Hura ere ezagutzen nuen, jakina, nire herriko jauregi zaharra baitzen, Beasaingo monumenturik zaharrena, polit askoa, zorionez hondamenetik berriki salbatua. Zer saltsa zen hura, ordea?

Elizkizuna amaituta, agure, emakume eta umeak bizkor aldendu ziren. Dozena bat lagun geratu ziren elizan, ordea, biribil bat eginik ahapeka mintzo, apaiza buru zela. Bukatutakoan, kontu handiz zutabetik askatu eta dorrean sartu ninduten. Besoak eta hankak loturik, bazter batera zakar jaurtiki ninduten. Gero atea trangatu zuten.

V
IHESALDIA

Denbora luzean egon nintzen ikarak hartuta, izuak eta hotzak gorputza dardarka jarrita, etorkizuna dorre ilun hura baino ilunagoa nekusala. Gauzak argitu beharrean iluntzen zihoazkidan, kezkak gehituz eta adorea gutxituz, tamalez. Jada ez zen Mikel aurkitu eta denboran zehar nola bidaiatu arazo nagusia, baizik eta sutan kiskalia ez izateko nola atera eliz-dorretik.

Zerbait egin behar nuen. Hanka, jakina. Nola, ordea? Nondik? Ikaragarria zen, tamalgarria nire egoera, baina are tamalgarriagoa izango zen hurrengo egunean, noski. Mikel etorri zitzaidan gogora. Non ote zebilen? Nire harrapatzaileek ez zuten aipatu ere egin, ezta apaiz goibelak ere, nire harridurarako. Eta garbi zegoen, ez nuen zalantzarik egiten, ni bezala baten batzuen hatzaparretan zegoela. Baina non?

Hura nahasketa, hura!

Halako batean, hotz eta guzti, suaren berotasuna sentitu nuen gorputzean, aditua nuen inkisizioaren sua-edo. Honek suspertu ninduen, egoera geldotik irteten lagundu eta kinka larriari egokitu, adore pixka bat emanez.

Saiatu nintzen ingurua aztertzen. Kosta ahala kosta gutxi gorabeherako krokis bat egin nuen neure buruan. Dorrea koadratua zen oinean, hiru bat metro zuen zabaleran, eta, esan bezala, zurez eta harriz eginda zegoen. Goialdean, kanpaiaren gainean hain zuzen, teilatu moduko estalki zorrotza zuen, baina alboak irekiak zituen, eta inguruan pasabide estu bat, oso oker ez banengoen. Igotzeko zerabilten eskailera luzea kanpoan utzi zuten ni sartu eta gero. Alferrik zen, bestalde, atetzarra zabaltzen saiatzea. Beraz, irtenbide bakarra hormatik gora eginez zegoen, hormetako koskaz edo irtenguneez baliaturik. Zoritxarrez, ahalegindu arren, goialdetik sartzen zen argitasun apalak ez zidan aukera eman irtenguneak nolakoak ziren hautemateko. Baina alde egitekotan, garbi zegoen, hura zen bide bakarra. Bakarra eta arriskutsua, alajaina!, hogei bat metro igo beharko bainituen, zeharo ezezagunak eta ia itsuka, eta polikiroldegian edo mendian ez bezala esku hutsik, inolako segurtasun-tresnarik erabili gabe.

Urrutira joana nintzen asmoekin, ordea. Lehenik eta behin zango eta eskuak askatu behar nituen, jakina. Eta hura ere, noski, lan gaitza zen, lokarriak sendoak baitziren, gogorrak.

Beheralditxo bat izan nuen. Arestiko adore apurra kili-kolo jarri zitzaidan. Hura kinka, hura! Hasi orduko etsipenean erortzeko zorian. Egia esan, ez zen gutxiagotarako, etsai bilakaturiko mundu ezagun eta aldi berean zeharo ezezagunean galduta bainenbilen.

Kinka larrian!

Zorionez, gau hartan, ustekabeko adiskide batek lagundu behar zidan sutatik ihes egiten. Ustekabeko adiskidea, kinka larri hartatik ateratzen lagundu behar zidana, ilargia izan zen. Halako batean, behetik ikusten nuen zeru puskan azaldu zen, eder oso, bere osotasunean urrezko domina bihurtua, eta handik bidali zidan bere argitasun apala, apala baina salbagarria. Ozta-ozta iritsi zen ni nengoeneraino, baina nahikoa izan zen bazter batean zegoen motxila ikusteko, ahaztua nuen motxila. Larrialdian ez nintzen konturatu ataundarrek dorre barruan utzi zutela. Ikusi orduko argitxo bat piztu zen nire baitan. Berehala, itxaropena berpiztuta, arrastaka joan nintzen bazterreko multzo ilunerantz.

A ze poza! Mendiko labana aldameneko zorroan zegoen. Antza zenez, zorionez niretzat, gizaseme sinesbera haiei beldur eman zien infernuko tresna zatekeenean eskua sartzeak. Gaitz erdi!

Gainerakoa uste baino errazago gertatu zen, erraza izan ez bazen ere: ekinaren ekinez labana atera, bi mutur zorrotzak ireki, eta bat lurrean sartu ondoren, bestearekin lokarriak ebakitzen saiatu nintzen. Ez nuen berehala lortu, noski, baina azkenean lortu nuen. Besoak aske, bihotza esker onez gainezka, musu bat bidali nion ordurako ezabatuta zegoen gaueko erreginari. Gero zangoak askatu nituen.

Lokarrietatik libre, nondik norakoa aztertzeari ekin nion. Hozmindutako hatzak berotu bitartean (behar beharrezkoa zen hormatik gora igotzeko), beroni begira egon nintzaion puska batean, motxilan nuen linternak lagunduta. Banituen, eduki, ziri batzuk, baina ezinbestean soilik erabiltzea erabaki nuen, ahalik eta isilen gainditu behar bainuen horma luzea. Gaindigarri zirudien, bestalde, erraza ez izan arren, baina erne eta hotz arituz gero irits nintekeen kanpai ondora. Ziriek emango ez zidaten laguntza motxilan nuen erretxinak emango zidan.

Aurreneko irtenguneari heldu nionean esperientzia handiko mendizaleen gomendioari jaramon egitea erabaki nuen eguna bedeinkatu nuen. Egia handia baita esaten dutena, hau da, premiazko gauzen zama eramangarria dela. Hara han frogatzeko aukera! Eta geroak ere baieztatuko zidan, noski, nahi baino maizago gainera, egun zoro haietan.

Dozena erdi metro gora eginda, zuhurtasunak hala eskaturik, erne egon nintzen tarte txiki batean, ea elizan hotsik aditzen nuen. Isiltasuna erabatekoa zen, ordea, izutzeko modukoa. Kanpotik ere ez zen zaratarik entzuten, hotzak gordelekuetan zituen, antza, gaueko izaki guztiak.

Era hartan aurre eman nion ordura arteko nire eskaladarik garrantzitsuenari. Euskarriak aski onak ziren. Beraz, haiek eta eskaladako erretxinak lagunduta, uste baino aiseago joan nintzen oztopoak gainditzen; hala ere, azken zatian, hotzak eraginik, baita nekeak eta beharbada beldurrak ere, igoera nekoso bilakatu zen, arriskutsu.

Bitan izan nintzen erortzeko zorian. Aurrenekoan, oin bat airean nuela, zart!, bestea irristatu eta esku batetik soilik zintzilika geratu nintzen, direnak eta ez direnak egiten eror ez nendin, hatzetan eta besoan min ikaragarria nuela; bigarrenean, eskalada burutua, edo hala uste behintzat, pasabidera iritsita beste aldera pasatzeko unean, oreka galdu eta besoei eraginez egon nintzen, gorputza hutsarterantz zihoakidala, harik eta azkenean barandari eutsi ahal izan nion arte.

Leher eginda iritsi nintzen gainalde estura, hotz eta guzti izerditan blai, izerdi tanta lodiak kopetatik behera, bihotza danba-danba bularrean, arnasbehartuta.

Lasaitu bitartean, nengoen talaiatik ahalegindu nintzen ingurua arakatzen, ezer gutxi lortuz. Gaua oso iluna ez bazen ere (ilargi adiskidea harro zegoen zeruan kokatuta), ez nuen ezer berezirik nabaritu haren argi motelaren azpian, inguruko etxeen gainalde ilunak soilik.

Dena dela, ez zuen ematen kanpoan etsairik nuenik. Beraz, gerotik gerora ibiltzeko astirik ezean, Jesus batean ekin nion hurrengo pausoaren prestaketari. Eskaladako soka mehea atera eta, hark lagundurik, rappela baino hegalalditxo bat eginez, inolako arazorik gabe lurreratu nintzen. Soka berreskuratuta inguruko etxeetatik urrundu nintzen.

VI
LAGUNA

Noraezean ibili nintzen hasieran. Bat-batean, zakur bat zaunkaka hasi zen, nengoenetik oso urruti ez. Berehala beste batek erantzun zion. Ikaratu egin nintzen. Ez zitzaidan komeni gau guztia itsu-itsuan harat-honat ibiltzea. Arriskutsua zen, eta, gainera, nekaturik nengoen, atseden hartzeko premian. Hotza, bestalde, ikaragarria zen. Babeslekuren bat bilatu behar nuen, goizaldera arte behinik behin.

Zaunketatik aldendu nintzen bide-zidor batetik. Tarteka linternaz baliatzen nintzen, ahalik eta gutxien eta argi-sorta nabarmentzen uzteke. Halako batean, sagasti baten erdian, txabola baten zilueta iluna ikusi nuen. Hutsik bazegoen, hura izan zitekeen bila nenbilen gordelekua. Linterna itzalita hurbildu nintzen badaezpada. Aldamenean leiho moduko irekidura zeukan. Bihotza airean, linterna piztu, eta irekiduratik barrena bideratu nuen argia. Belarra besterik ez zegoen barruan.

Pisu handia gainetik kenduta, beharrezko atsedenaren eta epeltasunaren gertutasunak zurezko ate traketserantz bideratu ninduen, barneratzeko gogo biziz.

Gauak, halere, bukaezinezko ezuste katearen hurrengo maila erakutsi behar zidan. Eta ez zen hura azken aldia izango, arranopola!, orduan jakin ez banekien ere.

Izan ere, ateari emeki bultza egiten ari nintzela, norbaitek sekulako bultzada eman zidan. Ziztu bizian atea zeharkatu eta buruz behera erori nintzen belarretara. Linternak zilipurdi bat egin zuen airean lurra jo baino lehen. Hankaz gora lurrean, linternaren argi-sorta eneganantz bideratua ikusi nuen, ring bateko fokoa balitz bezala.

Sekulakoa eman zidan bihotzak!

Argiari esker ikusi ahal izan nuen gainera zetorkidan itzala. Aldamenera egin eta jazarlearen hutsaz baliatu nintzen zangotrabatzeko. Amen batean nire azpian neukan, besoetatik helduta eta hanka haren bularraren gainean jarrita, belaunarekin presioa eginez mugi ez zedin.

Halaxe amaitu zen liskarra, hain modu errazean, gezurra badirudi ere. Harritu egin nintzen. Egia esan, erasoari nahikoa erantzun bizkorra eman nion; baina, hala ere... Harritzekoa zen, halaber, trabatua nuen gizonaren gelditasuna. Berehalaxe jakin behar nuen zergatia.

—Banekien gizon aparta zinela, Aralarko Aingeruaren laguna, lurreratutako aingeru bat —esan zuen guztiz harrituta.

Zer zioen? Zer ikusten zuten niregan zoro haiek? Janzkerak ahaltsu bihurtzen ninduen agian? Burutik jota al zeuden?

Zena zelarik ere, haren hitzek lasaiturik, eta kontu handiz, esku bat luzatu eta linterna eskuratu nuen azpian nuena hobeto ikusteko asmoz. Argiaren zirkuluan haren aurpegia azaldu zen. Gaztea zen, ni baino zertxobait zaharragoa soilik, eta bizar motza zeukan, trinkotzen hasi gabea. Mutil sendoa ematen zuen. Horregatik ninduen harrituta haren gelditasunak.

—Ez nazazu hil —esan zidan—, barka nire ausardia, ez nizun kalte egin nahi-eta. Nahita ere, jakina, ezin egin izango nizun.

—Jainkoarren! —esan nion, ni ere erabat harrituta—. Zorioneko Ataun honetan zoratu egingo naiz, zoratu behar nauzue. Aurrekoak azti eta deabrutzat hartu naute, eta, orain zuk, Mikel Deunaren laguntzat. Ez dakit dagoeneko ez ote naizen erotzen hasia. Nola demontre esango dizuet gazte arrunt bat naizela!? Euskaraz? Gaztelaniaz? Ingelesez agian? Tira ba: Aitor da nire izena. Me llamo Aitor. My name´s Aitor. Ulertzen? Beasaindarra naiz, beasaindarra! Bai, hemendik bost kilometrora bizi naiz, edo... bizi behar nuen, zoraldi hau gertatu ez balitzait. Hau da, hau!

—Zure laguntza behar dut, horregatik ibili naiz zure atzetik —gaineratu zuen, eta hura errematea izan zen.

—Harrigarria! Zer eta nire laguntza eske etorri! Hau ere entzun behar! Nik ez dakit nola nagoen, beharbada ondo ez; orain arte ezaguturiko guztiok, ordea, burutik jota zaudete, ez dut dudarik egiten. Den-denok! Nire laguntza nahi eta lortzeko ezin era hobea aurkitu eraso egitea baino. Ez dago zu bezalakorik!

—Ez zen nire asmoa kalte egitea, sinets iezadazu, zure ahalmena ziurtatzea baizik. Elbarrenakoak zu harrapatzen ikusi ditut. Orduz geroztik zelatan ibili natzaizu. Ez esan aparta ez zarenik, ez ukatu ikusi ahal izan dudana: nola ez dakit, baina hormetatik gora egiten badakizu, behera ere aise; argia sortzen ere bai, eta nahi bezala erabiltzen duzu gainera, handitu eta txikitu, hara-hona bideratu, ezabatu... Zeruko Ahaldunak bakarrik eman ditzake gaitasun horiek. Beraz, bihozkada batek esan dit ez zinela aingeru gaizto bat, eta ez nabil oker.

—Uf! Hau eromena! Eta ez dakit zergatik, baina alferrik da azalpenetan hastea —esan nuen marmarka—, alfer-alferrik!

—Zure janzkera bitxia da, hizkera ere bitxi samarra, eta hizkuntzak ez zaizkizu arrotzak... Izaki aparta zara, alajaina! —mirespena eta harridura nabarmenak ziren haren hitzetan—. Etxetik irten naizenean laguntza eskatu diot Jaungoikoari, laguntza kanporatu nauen xedea burutzeko, eta nire bidean jarri zaitu. Zuk lagunduko didazu! —ez nekien zertan, baina mutilaren hitzetan ez zegoen duda izpirik.

—Tira, itxi atea eta hitz egingo dugu. Baita zeozer jan ere lo egin aurretik. Gose naiz, tripa-zorriak aspaldi esnatu zaizkit.

Atea hertsi zuen. Txabola arakatu genuen ezer aurkitu gabe. Belar lehorra besterik ez zegoen, baina ez zen gutxi gure egoeran, gaua pasatzeko ohe bigun eta epela izateko aukera emango baitzigun. Barnean ere giro hotza zen, noski, baina atsegina kanpokoarekin alderatuz. Alde handia zegoen.

—Tira, ez nago berriketan aritzeko moduan —esan nion liluraturik zeukan linternaren argiarekin bazterrak miatu eta gero—. Diozun bezala laguntza bila baldin bazabiltza, ez zara bakarra, ez horixe, niri ere agian ez zait gaizki etorriko zurea. Beraz, ezer egin baino lehen, hobe gauzak argitzea. Zer laguntza mota behar duzu?

—Zegamako Ladron zaldunaren alaba gaztearen bila nabil. Ba al dakizu non dagoen Zegama?

—Nola ez dut ba jakingo! Ez al dizut esan Beasaingoa naizela! Nire herritik hamar bat kilometrora dago Zegama. Ongi? Hala garai hauetan Aizkorri mendizerraren magalean egon beharrean beste toki batean dago?

—Ez dakit kilometroak-edo zer diren, baina zuzen zaude, Zegama Aizkorriren oinean da, Beasaingo Igartzatik bi legoatara. Lehengora itzuliz, berriz, esan bezala, neska baten bila nabil, eta oker ez banago inguru honetan egon behar du. Larraza etxeko seme batek bahitu (Larraza Ataungo etxe nagusienetariko bat da) eta hona ekarri du, nahitaez ezkontarazteko asmoz. Neskaren aita Oñatin dago, horretaz baliatu da mutil zitala bahiketa burutzeko. Itzuli aurretik nahi nuke askatu, odola isurtzen hasi aurretik, erruz isuriko baita haren aitak berri latza jasotakoan. Eta gehiegi isuri da dagoeneko gure lurretan.

—Nor zara zu? Goazen pausoz pauso.

—Diego Lopez Artubikoa naiz, zegamarra ni ere. Ines eta biok, hau da bahituta dagoenaren izena, elkar maite dugu. Baina, egia esan, eragozpenak besterik ez ditugu aurkitzen gure harremanak sendotzeko. Haren gurasoek zaldun bat nahi lukete senartzat; ni, ordea, etxe oneko mutila izanik ere, ez naiz zalduna. Askatzea lortuko banu, ordea, agian beste begi batzuekin hartuko nindukete Ladronenean.

Beharbada odol-isurketa bat ere galarazi ahal izango nuke.

—Odola al diozu? Zer dela eta hain sarri isuri? Gerran al zaudete apika? Baldin bazaudete, noren aurka? Zergatik?

Harriturik geratu zitzaidan begira, nire ezjakintasunak harritua nonbait.

—Ez al dakizu...? Urte mordoa daramate Ahaide Nagusien leinukoek elkarren artean borrokan, gorrotoa eta hondamena gure lurraldean zabaltzen. Batzuk Gaztelako erregearen alde daude, beste batzuk Nafarroakoaren alde; zenbait, gaur lagun bihar etsai... Ez da erraz ulertzen, baina gatazka ez da eteten, ez horixe. Bitartean, herri xeheak nozitzen ditu galerak... eta gosea; hau, berez handi samarra, handiagotuz doa. Harritzen nau, ordea, nolatan ez dakizun...

—Ea ulertzen duzun... —ez zen nire asmoa, baina azalpen bat ematea beharrezko iruditu zitzaidan, nire hitzak ulertzeko gai izango ote zen zalantza nuen—. Ez dakit nola baina denboran atzera egin dut, eta, oker ez banago, Erdi Arora iritsi naiz, Erdi Aroko Ataunera. Ez galdetu nola, ordea, alferrik da, ez dakit eta.

—Erdi Aroa diozu? Athaun?... Gaztelura esan nahi duzu?

—Zer gaztelu eta gaztelu ondo! Hona, gauden herrira, Atauna!

—Hau Elbarrena da. Athaun, berriz, mendi gainean dagoen gaztelutxoa, nafarren dorre zabala —esan zidan serio samar, ene ezjakintasunak berriro ere harrituta.

Ez nuen piperrik ere ulertzen. Jakinarazi nion. Mutila ahalegindu zen gauzak argitzen. Lortu ere, gaitz erdi!

Athaun (hala agertzen da idazki zaharretan gaztelu edo dorrearen izena) ez zen, nik uste bezala, herria edo baserri multzo txikiaren izena, baizik eta handik gertu, mendi gailur batean zegoen gazteluarena, edo, zehatzago, dorrearena. Gu geunden alderdiari Elbarrena esaten zioten, eta, berau eta Ergoena ziren gaur egungo Ataunen mugetan zeuden auzo bakarrak.

Orduan bai, orduan hasi nintzen gauzak argiago ikusten, denboran eginiko jauzia neurtzen: sekulakoa zen! Eta abentura harrigarria bukatu eta gero, jakin dut, hark aipaturiko mendi gailurrean, malda piko baten buruan, oraindik ere dorrearen aztarnak ikus daitezkeela.

—Zein mendetan gaude? —galdetu nion jakinminez.

—Karlos da errege Nafarroan, bigarrena; Gaztelan, berriz, Juan, lehena hau —erantzun berak, urtea aipatu gabe.

Orduan, ez banekien ere, 1380 urtean nengoen, gutxi gorabehera. Dorrea, diotenez, laurogeita hamarrean eraitsi zuten, Nafarroako Erregeak hala aginduta.

Sinestezina zen!

Institutuan emandako lana etorri zitzaidan gogora. Ikaragarria! Erdi Aroan nengoen, Gipuzkoako Goierrin, eta eskualdean Segurak eta Ordiziak soilik (egun dauden beste herriak artean ez) zuten herri-egitura garai hartan. Edonondik begiratuta ulertezina zen bizitzen ari nintzen abentura... edo desbentura, auskalo zer!

Orduantxe umearen hitzak gogoratu nituen. Gizon gaiztoak, lapurren lagunak... Mikel eraman zutenak etorri zitzaizkidan gogora.

—Begira —esan nion gauzak erabat argitzeko asmoz—, nire garaian, orain gauden alderdian dagoen herriari, Elbarrena, Ergoena eta beste zenbait auzoz osatutako herriari, Ataun esaten diogu. Eta orain Igartza dagoen inguruan dagoenari, berriz, Beasain. Ulertzen? —haren adierazpenak ezetz esan zidan, tutik ere ez—. Tira, utz dezagun geografia ikastaroa eta gatozen harira. Nortzuk dira gazteluko jabeak? —Mikel han zegoela ziurtzat jotzen nuen.

—Nafarrak, jakina, erregearen gizonak.

—Erregearen gizonek lapurrekin zerikusia al dute? Nolatan...

—Zergatik ez? Bizi garen gose-garaian ez harritu. Ugari dira lapurrak. Beharbada beren mugetatik etorritakoei noizbait lagundu diete. Lapurretak eguneroko lelo dira, tamalez. Zaldunen mutilak ere behin baino gehiagotan...

—Nire laguna gaztelura eraman dute, ziur nago orain. Goizaldean bertaratzen lagunduko al didazu?

—Ihes egingo du, zuk bezala. Ahaltsuak zarete —harritzekoa haren segurtasuna—. Eta niri, ez didazu lagundu behar?

—Bai, noski, baina bi baino hobe hiru izatea. Ezta hala?

—Ez dago sartzerik gero! Ez dago... atetik ez bada.

—Bertan ikusiko dugu. Ez ahaztu ahaltsua naizela —tripa-zorriak eraginik, luzatzen ari zen solasaldia laburtzea erabaki nuen, bestearen ustea nire eginaz.

—Ongi. Honezkero hanka egina izango da, ikusiko duzu. Ez dakit nola harrapatu duten, egiatan.

—Ez ahalegindu, ez zenuke ulertuko. Orain jan dezagun zeozer, eguna luzeegi suertatu da-eta —elkarrizketa amaitutzat eman nuen.

Motxilatik txokolate eta fruitu lehorrak atera nituen; lagun berriak, berriz, larruzko zorro batetik, gazta eta ogi zati bat. Txokolateari begira geratu zitzaion. Mesfidati ahoratu zuen. Gozotasunak berehala ezabatu zion mesfidantza. Kantinplorak ere bere jakinmina piztu zuen.

—Zer da jaki hau? —ahoa txokolatez beteta galdetuz.

—Esne eta kakaoz eginiko jakia.

—Kakaoz?

—Amerikako arbola baten hazia da.

—Amerika?... Non da lurralde hori?

—Urruti oso. Itsaso zabal bat zeharkatu behar da. Baina, tira, utz dezagun gaia beste baterako, bestela... Jan dezagun —ez nuen batere gogorik bukaezinezko azalpenetan hasteko.

Ogia zeharo berezia zen. Egungo integralaren antzekoa baino gozoagoa. Hala ere, aurreko arrazoibideari jarraikiz, momentuz ez nion haren osagaiez galdetu. Nekatuegi nengoen begiak denbora luzeagoan zabalik edukitzeko. Lokartu aurretik, halere, zegamarrak bere kezka azaldu zidan, hau da, bahituaren familiaren mendekuari zion beldurra. Bere esanetan, basakeria franko gertatua zen leinukoen liskarretan, kupidarik gabekoak baitziren. Hilketak eta erreketak usu eta ohikoak omen ziren. Neska askatu eta gero ere, ez zuen dudatan jartzen askatuko genuenik, beldur zen mendeku egarriak ez ote zituen Oria eta Agauntza ibaien urak zipriztinduko.

Nekeak, azkenean, bere legea ezarri zuen biok loaren mundura bidaliz. Belarrezko ohea zoragarria iruditu zitzaidan.

VII
JENTILBARATZA

Ametsetan ari nintzen lagunak iratzarri ninduenean. Ametsa ez zen gozoa, ez horixe, errealitatearen isla baizik: Mikel eta biok nora-ezean genbiltzan Ataunen zehar, gure garaira ezin itzuliz, itzulbidea asmatu ezinik. Ez genuen lagunik, eta bai etsai ugari, azti, deabru, jentilak... ginelakoan. Tamalez, lagunaren astinaldiek lokamutsa egiazko bihurtu zuten.

Begiak irekitzea ez zitzaidan erraza egin. Behin eta berriz astindu behar izan ninduen Diegok. Azkenean, begiak erabat zabaldu gabe, begira geratu nintzaion. Eguna laster argituko zuen. Hormako irekiduratik belztasun higatua sartzen zen, egunsentiaren gertutasunaren seinale nabarmena. Lagunak, erditzaletan irudi iluna, keinuen bitartez adi egoteko adierazten zidan. Zentzumenak zorrozten ahalegindu nintzen. Oinotsak ziren. Txabolarantz zetorren norbait. Heltzear zegoen! Egoeraren larriak zeharo iratzarri ninduen. Jesus batean Diego eta biok atearen bi aldamenetan jarri ginen zelatan. Bihotza airean jarrita; ni, bederen.

Egundoko ezustea hartu zuen gizonak! Atea ireki bezain laster, begien itxi-ireki batean, gainera joan eta eraitsi egin genuen. Linternaren argiak izuak zurbildutako aurpegi zurratu bat jarri zigun agerian, nekazari adintsu baten aurpegi zikina. Ni ikusita izua areagotu egin zitzaion. Dardarka hasi zen haren gorputz meharra.

—Jainkoaren izenean!... Alde egin duzu! —esan zidan totelka, zekusana ezin sinetsi—. Nola egin...? Hegaka beharbada? Hormetan zehar apika?... Nola bestela inor ohartu gabe? Ene, errukitu zaitez gosea besterik ez duen gizagaixo honetaz, ez eraman zurekin nire arima bekataria. Arren!

—Zaude isilik, eta entzun adi —esan nion berriketan hasteko gogorik gabe—. Zuk edo zuetako inork ez al du ikusi ni bezalako beste bat? Inguruan zebilen atzo, eta, esan didatenez, soldadu batzuekin zihoan.

—Elbarrenan ez dago arma-gizonik. Gure jendea Ergoena aldean dabil, Lazkaoko jaunarekin nafar-lapurren atzetik. Inguruan dauden arma-gizon bakarrak Artxabaletakoak dira.

—Artxabaletakoak? —galdetu nion harrituta.

—Horietxek. Gaztelukoak.

—Athaungoak orduan.

—Berberak.

Orduan konturatu nintzen gaztelua non zegoen kokatuta, nik Jentil-baratza izenarekin ezagutzen nuen alderdian hain zuzen, Artxabaleta deritzan haitzean. Harriturik geratu nintzen hain paraje malkartsuan gaztelu bat izan zitekeela jakitean. Ez zen oso handia izango.

—Lagundu gaztelura hurbiltzen eta etorri bezala itzuliko zara etxera, oso-osorik, kalterik jasan gabe —esan nion, Elbarrena inorekin topo egin gabe zeharkatzeko baliotsu izango zitzaigulakoan—. Aizu, beste kontu bat, ba al duzu berririk Larrazako mutilak Zegama aldean eginaz? —egin nion Diegok begietan idatzia zuen galdera.

—Zerbait zabaldu da, bai. Neska bat ekarri omen du etxera. Dena dela, Ergoena aldean dabil... —pentsakor gelditu zen—. Bai, bai, halaxe da... Baten bati aditu diot berekin eraman duela neska gazte bat. Apetatsua da mutila, baita mesfidatia ere, oso. Ez dakit ezer onik ekarriko ote dion bere etxeari.

—Esandakoa —heldu nion aurrekoari, denbora galdu gabe eguna urratu aurretik abiatzeko—, lagundu gaztelura ezkutuan iristen eta libre geratuko zara. Hori bai, gero ahoa itxita eduki badaezpada, bestela...

—Ez kezkatu, eramango zaituztet mendian gora... eta ez dut txintik ere esango, benetan! —izututa zegoen, baina pozik, nire hitzek poztuta, onik irteteko itxaropena piztuta.

Diego begira nuen, ordea, begietan galdera bat zuela, galdera ulergarria. Abiatu aurretik argitu nahi izan nion zalantza.

—Gero zurea, ez kezkatu, gaur bertan.

Gogoko ez bazitzaidan ere, gizonaren leialtasuna beldurraren bidez geureganatu nahirik, linterna han-hemenka erabili ondoren, motxilan neukan metxeroa hartu eta, eskuan ezkutaturik, piztu egin nuen. Sua esku artetik berez sortzen zela zirudien. Gizagaixoa! Ikustekoa izan zen zaharraren izua. Nire lagunaren harridura ere, ez zen txikia izan, ez horixe.

—Hara, suaren jabe ere bazara! —zaharrak ikaratuta.

—Hori ere bai! —lagunak.

—Argi ibili, ba. Tira, goazen eguna urratu aurretik, bizkor!

Abiatzeko prestaerekin batera zeozer jan genuen. Janaria eskuratzerakoan Coca-Cola pote bat aurkitu nuen. Tapoitxoari eragin nion.

Poteak putz egin zuen. Zipriztinak zalapartatsu aireratu ziren. Jakina, zelako harridura eragin zuen! Aurrean nituen bi lagunak begiak zabal-zabalik geratu zitzaizkidan begira. Edan egin nuen. Gero Diegori luzatu nion potea. Errezelo handiz hartu, pixka batean begira geratu, baina azkenean edan egin zuen. Eta gustukoa izan, antza. Nekazariak, aitzitik, infernuko isurkaritzat hartuta nonbait, besoak luzatu zituen, lata urruti eduki nahirik.

—Zer da hau, paradisuko sagardoa agian? —galdetu zidan zegamarrak.

—Edo infernukoa —ataundarrak, erabat ikaratuta.

VIII
ATHAUN

Behe-lainoa zabalduta zegoen Agauntza ibaiaren luze-zabalean. Izara trinkoak, azken ilunbeekin nahasia, bazterrei zikin-itxura ematen zien. Bildutako oro zirriborro bihurtua zuen. Apurka-apurka, haatik, zuritasuna nagusitzen zihoan, baina trinkotasuna galdu gabe. Metro barrukoa izan ezik, gainerakoa irentsi egiten zuen, estalki zuri azpian ezabatu.

Beldurrak zangoak bizkorturik, okerrik egin gabe eraman gintuen zaharrak, lehenbizikoz auzoan zehar eta gero maldan gora mendi tontorrerantz. Baso baten ertzetik gaztelua ikusi genuenean, zuritasunean zirriborro bat zela, gizon izutuak askatasuna berreskuratu zuen. Gu, nondik norakoa aztertzearren, zuhamusken artean ezkutatu ginen.

Lainoan difuminatuta, itsaso zurian flotatzen, enbor eta harriz eginiko dorrea aurrez aurre izan genuen, harro eta desafiatzaile mendi tontorrean. Ertz batean egurrezko dorre bat zuen. Han zegoen, seguruenik, zelataria, lainopean ikustezin, gu bezala.

—Ez dago sartzerik —esan zidan ahapeka Diegok.

—Badago —erantzun nik—, murrutik gora, atzealdetik.

—Zuk agian bai, ahal izango duzu; nik, berriz, ez.

—Zuk ez daukazu sartu beharrik. Gera zaitez hemen, ni joango naiz. Ez da erraza izango, zeruko eta lurreko laguntza beharko baitut ez huts egiteko; eta hala ere…

—Ez duzu hutsik egingo, zerukoarekin nahikoa duzu —izugarria zen nire balizko ahalmenetan zuen konfiantza. Ez zekien ongi…

—Tira, ba, banoa —esan nion—, lainoak arintzen hasten badira akabo, ezin izango naiz zaindariak ohartu gabe sartu.

Itzulinguru handia emanez, malda pikoa zela-eta zenbait tokitan lau oinean ibiliz, hurreratu nintzen dorrezaingotik urrutien zegoen alderdira. Amildegirantz ematen zuen, inor gutxi sartzen ausartuko zen harritzarantz. Begiratu azkarra eman nion begi-bistakoari. Parada hartan ere, ziririk erabili ezean, erretxina ezinbesteko zitzaidan izotzak labainkor bilakaturiko murrua gainditzeko.

Goiza hotza zen, ikaragarri hotza, tenperatura zero azpitik bost bat gradutan jotzen nuen. Izotza lehian zebilen laino itxiarekin nork gehiago zuritu bazterrak. Ez zen hotsik aditzen, ezta giza arrastorik ere ikusten, gaztelutxoan inor ez zegoela zirudien.

Elizatik alde egiteko baino arduratsuago ibili beharko nuen lurretik hamar bat metro altxatzen zen murrua igotzeko. Hau, elizdorrea bezala, koskaduna zen, euskarri onak zituen. Tira, prestakuntza banuen, aurreko saioak bizkortuta gainera, eta Mikelen hurbiltasunak adore ematen zidan. Izotzak, ordea...

Ekin aurretik azken begiratua eman nion aurrekoari: luzeran hogei bat metro eta zabaleran hamabi edukiko zituen gazteluak, gutxi gorabehera. Dorretxe zabala zela esan zitekeen. Gero, motxila ongi finkatu bizkarrean, erretxin poltsatxoa gerrian ipini, eta hurbildu nintzaion hormari. Irtengune bati heldu, indar egin, eta lurraren segurtasuna utzita, gorantz joan nintzen.

Beste egoera batean harri-kozkor haietatik gora egitea ez zatekeen lan eskerga izango, baina izotza zela medio, eskalada ez zitzaidan batere erraza gertatu, hatzak harriari atxikirik eduki ahal izateko behin eta berriz erretxinaren laguntza behar izan nuen.

Hala ere, zuritasunean mamu iluna nintzela, gainaldeari hurbilduz joan nintzaion. Arimaren aztarnarik ez. Ez zen harritzekoa, noski, giroa ezin hotzagoa baitzen babes edukita kanpoan egoteko eta, zer esanik ez, gaztelutxoaren alderdi hartan. Ez nuen arreta galdu, halere, ez eskaladari zegokionean ezta ustezko zaindaritzari zegokionean ere. Zorionez, bien aldetik ezer aipatzerik izan gabe, nekez bai baina uste baino aiseago ere eskalada burutzen joan nintzen.

Eta burutu bitartean garaiko Euskal Herria izan nuen gogoetagai. Izan ere, labur bazen ere, gure lurra garai hartan jasaten ari zen egoera latzari buruz mintzo zitzaidan Diego, Euskal Herriko Banderizo edo Ahaide Nagusien arteko bukaezinezko borrokei buruz batez ere. Haren esanetan doilorkeria aspaldi zen hedatua gure eskualdeetan, eta gose-garai haietan herri xehea, nekazariak hain justu ere, ziren kaltetuenak. Baina arian-arian, antza, herria biltzen hasia zen jauntxoen kontra, haiengandik babesteko harresiz inguraturiko herriak sortuz. Gatazkaren zergatia, halere, ez zuen oso garbi, eta Nafarroa eta Gaztelako erregeek harekin zerikusia bazuten ere, lagunaren ustean Ahaide Nagusien arteko norgehiagoka zen jokoan zegoena, zorioneko boterea besterik ez. Hura zela eta, behin baino gehiagotan liskarrak bando berekoen artean izatea ez zen harritzeko gauza, ezta bandoz aldatzea ere.

Nork esan aginduriko lanerako informazioa in situ jasoko nuela! Bezperan aspergarri iruditzen zitzaidan gaia gertaera-kate hartan murgildua nintzenetik interesgarri bihurtzen hasi zitzaidan. Lekutan zeuden, baina, nolabait esateko, bezperako Euskal Herria, nire herria, institutua eta ikasgaiaren laburpena ere. Lekutan!!

Pentsatze hutsak azala lazten zidan.

Eskaladako azken metroetan sartuta gogoeta ilunak baztertu nituen. Arreta areagotu ere bai, jakina. Beste aldera pasa aurretik, alde guztietara begira nengoen bitartean, arnasa hartu nuen. Bihotza asaldatuta nuen, erabat, eta ez bakarrik eskaladaren nekeagatik.

IX
ASPIRINA

Kontu handiz pasa nintzen beste aldera. Inor ez zegoen agerian. Pasabideak laukizuzen formako eraikina inguratzen zuen. Ertzetan patiora jaisteko eskailerak zeuden, meheak oso. Trinkotasuna galtzen zihoan lainoan nahastuta harrizko hormei itsatsiriko zenbait aterpe eta bizilekuren gainaldeak ikus nitzakeen, zotalez estaliak, ordura arte ikusitakoen antzekoak. Bertakoen egoitza eta biltegiak ziren. Patio erdian ur-putzua zegoen.

Niregandik gertuen zeuden eskaileratatik behera abiatu nintzen patiorantz, bihotza airean, pauso bakoitza neurtuz. Bizkor ibili beharra neukan, ordea, lainoa gero eta arinagoa baitzen. Aurki, seguruenik, estreinako argi-izpi ahulek zeharkatuko zuten geruza zuria.

Halako batean, patiora iritsi berria nintzela, oihuak aditu nituen. Harri eta zur geratu nintzen, zentinelek begiztatu nindutelakoan. Baina ez, iskanbila ez zen gazteluko hormen barruan, kanpoaldean baizik. Fardel batzuen artean ezkutatu nintzen. Zer ote...?

Atetzarra irekitakoan jakin nuen nor zegoen nahasketan bete-betean sartuta. Diego zen. Lau soldaduren erdian agertu zen patioan. Lantzen mutur zorrotzak soinetik gertu-gertu zituen. Sartu orduko beste dozena bat lagun inguratu zitzaizkien, harritu itxura zutela, ni bezala haiek ere iskanbilak ezustean harrapatuta.

Ustegabeko gertaerak hankaz gora jartzen zuen nire plana, hau da, hotzaz eta goizeko aurreneko orduez baliatuta Mikel handik ateratzea. Egia esan, nola egin ez neukan batere garbi, adurraren eta bat-batekotasunaren eskuetan utzita baizik. Eta garbi zegoen urratzen hasitako eguna jite txarra hartzen ari zela, goialdetik argi eta behealdetik ilun argitu behar zuela. Eta erabat ilun argitzea nahi ez banuen, zerbait egin beharrean nengoen, eta lehenbailehen gainera. Barruti txiki hartan luzaroan oharkabe pasatzea ia ezinezkoa zen. Zer egin nezakeen, ordea?

Seguruena, eta ia aukerabide bakarra, zelatari batek libre utzitako atea zeharkatzea iruditu zitzaidan. Iskanbilak erakarrita aldegina zen ate ondotik. Eta hau zainduta bazegoen, litekeena zen Mikel han egotea. Beraz, patioko iskanbilaz baliaturik, jauzi batean, inor konturatzerako ate ostean nengoen.

Barruko ilunbeek itsututa gelditu nintzen. Isiltasuna handia zen. Alabaina, sartu eta laster, aiene apal batzuek urratu zuten. Begiak iluntasunera ohitzen hastean gizaseme bat begiztatu nuen bazter bateko ohantzean.

—Zer arraio gertatzen da?! —orroa egin zuen ohantzekoak, ni ikusita—. Arranopola! Ez dizuet esan inor ez sartzeko? Nor dabil hor? Zer da iskanbila hori?

Zur eta lur geratu nintzen, ikarak hormari itsatsita eduki ninduen, zer egin ez nekiela. Mikel ez bazen, eta ez zen, nor zen gizon haserretua?

Kanpotik iritsi zitzaidan erantzuna. Taldea ate ingurura hurbildu eta batek ahots ozenez esan zuen:

—Alkaide jauna, alkaide jauna, preso bat egin dugu.

—Lepoa moztu iezaiozue. Eta bakean utzi! Buru madarikatu hau ziztadaz josita daukat, arraioa!

Zerbait egin behar nuen, eta azkar orduan ere, Diegoren lepoa soinetik banandua ikusi nahi ez banuen. Harena eta... Pentsatu eta egin. Begi-bistan zegoen kinka larriek nire buruari argitasuna ematen ziotela, gaitz erdi!, bestela... Izan ere, paretatik lantza bat hartu eta gizonarengana hurreratuz bihotzetik gertu-gertu ipini nion.

—Nor arraio zara? —esan zuen harrituta—. Zelatariak, niregana: hona! hona!! —oihu egin zuen gero.

Bizpahiru lagun sartu ziren, ezpata eskuan. Nik esanak, ordea, gerarazi egin zituen, zer egin ez zekitela utziz.

—Geldi hor, nagusia alderik alde zulatuta ikusi nahi ez baduzue —eta mehatxuari indarra emateko estutu egin nuen pittin bat lantzaren mutur zorrotza gizonaren bularraren kontra—. Preso hartu dutena hona ekartzeko agindu, bizkor! —esan nion gero.

—Ez al diozue aditu? Mugi bizkor!

Diego nire ondora ekarri zuten. Gero soldaduak zain gelditu ziren, erasotzeko une egokiaren zain, nonbait. Une larria zen. Beste bat, noski, eta azkena ez. Luzatu ezinezkoa, bestalde. Zer egin...? Bakearen bidetik jardutea erabaki nuen. Hala ere, ni mintzatzen hasi aurretik, Diego mintzatu zen.

—Harrigarria zara! —esan zidan—. Lasai nengoen. Banekien zerbait egingo zenuela, ez zitzaidala ezer gertatuko.

Bera lasai egongo zen, ni, ez hainbeste. Gelako giroa gero eta astunagoa zen. Beraz, arintzeko asmoz edo, esan bezala, bakearen aldetik jo nuen.

—Ez gara zuekin borrokatzera etorri, sinets ezazu, gure lagunaren bila baizik —esan nion ohantzean zetzanari—. Oker ez banago zuen eskuetan dago. Aska ezazue eta alde egingo dugu.

—Bai, bai, ilunpetan ez zaitut ongi ikusten, baina beste horren antzekoa zara. Piztu ezazue zuzi bat, arranopola! —oihu egin zien soldaduei—. Zu ere lur barnetik iritsia, ezta?

—Bai, eta haserre nago —esan nion, azalpenetan sartzeko asmoak baztertuta—. Tira, hona ekartzeko agindu.

—Ez dago gazteluan… Ene —eskua burura eraman zuen min-keinua eginez—, buru madarikatu hau! Nola sartu zara?

—Murrutik gora. Non duzue?

—Iruñeko bidean dagoeneko. Ai ene! Hau oinazea!

Nabaria zen haren egonezina ez zela txantxetakoa. Une hartan, halere, ez zitzaidan niri axola, jakina.

—Hil baduzue zureak egin du —eta atzera lantzari bultzadatxo bat eman nion.

—Ukitu ere ez dugu egin —esan zuen larrituta—. Benetan! Badaezpada gortera bidali dut, Iruñera, hango jakintsuen eskuetara. Madarikatuak, ordea, mendeku hartu du joan aurretik. Hau mina, hau! Aluak gnomo bat utziko zuen sartuta nire buruan. A ze ziztadak ematen dizkidan!

—Ez duzu ezer, buruko min handia besterik ez. Auskalo zer jan edo zer edan duzun bart.

—Aztien artean ez zara azkarrena izango —esan zuen haserre—, neronek ere badakit burukomina dela. Eta nolakoa! Baina ez bart janak edo edanak egina, inondik ere ez, bai zera! —bizitzan izandako handiena zen, dudarik gabe, hala mintzatzeko.

Une hartantxe argitxo bat piztu zen nire baitan. Haren bidez, onik atera soilik ez, gehiago ere bai lor nezakeen, alkaidea alde jartzea.

—Hitza eman nire laguna ondo dagoela eta lagunduko diguzula gurera ekartzen, eta oinazeetatik libratuko zaitut, berak zure buruan egindakoa nik deuseztatuko dut —esan nion adoretsu.

—Egiatan? —bide zuzenean nenbilela eman zidan aditzera haren begitarteak—. Ongi dago zure lagun madarikatua, Karlos II.aren soldadu leial honen hitza duzu, infernuratua izan nadila gezurretan banabil. Tira, diozuna egin eta zure lagunaren bila irtengo gara. Esan dizut, Nafarroarantz doaz, egunsenti aldera abiatu dira, orain gutxi.

—Ez ditugu ikusi.

—Zeharkako bide batetik joan dira. Ibarra arriskutsua da zure laguna eraman dutenentzat, Lazkaoko Jauna atzetik dabilkie eta.

—Lapurrekin bidali al duzu nire laguna?

—Nafarrekin. Baina egin zerbait. Agudo!

—Egingo dut. Eragina, ordea, ez da berehalakoa izango, ordubete-edo itxaron beharko duzu nabaritzeko.

—Ordu... zer? —haiek orduen lotura ez zuten ezagutzen.

—Denbora puska bat, esan nahi dut. Eta bien bitartean nire laguna gero eta urrutiago egongo da, niregandik gero eta urrutiago, ulertzen?

Pentsakor geratu zen, hausnarka edo, nik esandakoaren aldekoak eta kontrakoak neurtuz nonbait. Handik pixkatera oihu egin zien atean adi-adi zeuden soldaduei.

—Roy —haietako batek pauso bat egin zuen aurrera—. Bidali gizon bat taldearen atzetik. Bizkor badabil Bernoa gainera iritsi aurretik harrapatuko du. Tira, bizkor! Gera daitezela Urdiainen nire aginduen zain. Eta zuk —niri esan zidan—, libra ezazu nire burua ziztadetatik eta atzetik abiatuko zara, zure lagunarekin eta nik jarritako gizon batekin.

—Non dago Bernoa? —toki hura ez nuen ezagutzen.

—Nafarroako Sakana eskualdera doan bidean, ibar madarikatu honen eta Urdiain herriaren artean, Nafarroako mugan.

Ontzat eman nituen haren asmoak. Ez berehala, ordea.

—Nola dakit garaiz iritsiko dela zure mutila?

—Abere buru batzuk daramatzate. Ez dira joango nahi bezain bizkor. Bernoa aurretik harrapatzea ere ez da ezinezkoa.

Ontzat eman nituen azalpenak. Denbora gehiago galtzeke eginbeharrari eutsi nion. Lehenik begirale guztiak kanporatu nituen eta ondoren katilukada esne bero eskatu nuen.

Zurezko katilua ekarri zutenean, motxilatik bi aspirina atera, eta isurkari ketsuan nahastu nituen.

—Edan ezazu eta gero lo-kuluxka bat egin. Geroxeago esango didazu nola zauden.

—Azti madarikatua! Egia bada laguna nauzu betiko —esan zidan, bihotzari mintzatzen utziz.

Tragu batez hustu zuen katilua.

—Hitza bete eta beste baterako ere emango dizut.

—Ez, erakutsi nola egiten diren.

—Neronek ere ez dakit, erosi egiten ditut.

—Erosi? Non? Zein aztiri?

—Hemen ez. Tira, saia zaitez lokartzen.

X
BERNOAKO GAINEAN

Ordu eta erdi pasa eta gero bidean geunden. Lo-kuluxka egin ondoren aspirinen eragina nabarmena zen gazteluko nagusiarengan eta, pozarren, hitza bete soilik ez, behin eta berriz bere adiskidetasuna ere agindu zigun. Abiatu aurretik, gosaria ez ezik, ogi egin berria eta gazta eman zigun biderako.

Eskainitako janariak hartu eta bideari ekin genion. Alkaideak lagun bat jarri zuen gure agindupean, gidari gisa. Abiatu bezain laster gure baitan murgildu ginen Diego eta biok, nor bere gogoetei emana, ezinegona nagusi guregan.

Gaztelutik irten eta Aralar mendizerrarantz bideratu ginen zuhaitz eta harri artean zihoan bideska batetik. Bernoa zeritzan mendatera joateko biderik luzeena zen, antza, baina seguruena ibarrean haserre zebiltzanekin topo egin gabe ailegatzeko. Bezperakoa baino argitsuagoa urratu zuen eguna, baita epelagoa ere, hotza izan arren. Hurritz, elorri eta alderdi malkartsuetan ugari diren zuhaitz artean ibili ondoren, Intzartzu deritzan mendi magaletik Intxusti iturrira doan bide zabalera atera ginen. Bide hura ezagutzen nuen, behin baino gehiagotan ibilia bainintzen handik mendiko bizikletan, Ataundik gora igoa. Alderdia, ordea, erabat aldatuta zegoen, eta gaur egun ez bezala pagoak eta haritzak nonahi zeuden. Iturrira iritsi aurretik nik ezagutzen ez nuen bide batetik desbideratu ginen. Bidea basotik barrena zihoan, eta ez zuen hura uzten Agautz mendiaren gailurrera iritsi arte, isilean bidaiatzeko babes paregabea emanez. Handik Urkillaga mendatera joan ginen.

Bertan geldialdi bat egin genuen behera egin baino lehen.

—Hemendik aurrera kontuz ibili behar dugu, ibaia Ergoena ingurutik zeharkatu behar dugu-eta —esan zigun nafarrak—. Are eta kontu handiagoz Lazkaoko Jauna inguruan ibilita. Gizon azkarra eta arriskutsua da.

—Nolatan laguntzen diezue lapurrei? —jakinminak ahoratu zidan galdera.

—Bernoatik harantz ere sarri ibiltzen dira alde honetakoak. Bizi garen garaiak halakoxeak dira. Beraz... —erantzun zidan axolagabeki, lapurretan ibiltzea guztiz arrunta balitz bezala.

Ez nuen gaian sakondu nahi izan, une hartan ez behintzat. Dena den, oker ez banengoen, baserritar gosetiak ziren lehia hartan galtzaile bakarrak.

Arreta handiz ibiliz baina inolako eragozpenik gabe zeharkatu genuen Agauntza ibaia eta mendian gora hasi sasoi hartan

Nafarroara joateko bide garrantzitsua zenetik. Inguru haietan omen zebilen Lazkaoko jauna.

—Malda gogorra dugu, baina horri esker harrapatuko ditugu —esan zigun gure gidariak. Esan orduko, ordea, gogoetatsu gelditu zen une batez—. Dena dela, kezkatzen nau baretasun honek, kezkatzen nau… —gaineratu zuen gero, bere buruarekin mintzatuz bezala.

—Asko falta da Bernoara iristeko? —galdetu nion.

—Denbora puska bat oraindik.

—Ea bada, segi dezagun aurrera, bizkor!

Bidea, besteak esan bezala, gogorra zen. Izotzak lurra gogor eta labainkor bihurtua zuen. Izerditan gindoazen aldapan gora, arnasestuka baina gelditu gabe, neguak soildutako pagadi zabaletik.

Bidea leuntzen hasia zelarik azaldu zen gure aurretik abiaturiko mutila, estu eta larri azaldu ere, bisaian ikara islatua zuelarik. Susmo ilun batek ilea laztu zidan.

—Alferrik izan da, ezin izan dut ezer egin —esan zigun urduri—, ni iristerako Lazkaotarrek inguratuta zeuzkaten, baina ez Bernoan, Beiretako mendatean baizik.

—Atzean geratu da bertara joateko bidea —argitu zigun gurekin zihoanak, nire begietan agerturikoari erantzunez—, ez da oso bide erabilia, baina Nafarroara doa hori ere.

—Zuen laguna eta talde burua soilik geratu dira zutik, gainerakoak hil eta bertan utzi dituzte, jentilak balira bezala pizti gosetientzako opari. Bapo jarriko dira.

—Mikel bizirik, beraz... —esan nuen, pozik, nolako kinka larrian zegoen kontuan hartu gabe.

—Ez luzaroan —besteak, zapuzketari atea irekiz—. Oker ez banago, gaur bertan, gauean, ospakizun galanta egingo dute.

—Gaur gauean?...

—Bai, sokatik zintzilika jarri aurretik. Ea, hanka egin dezagun, laster azalduko dira eta.

—Hanka egin ez! —esan nuen adoretsu.

—Ezin diegu aurre egin. Zer nahi duzu, gu ere hemen gorpu gelditzea? Eta, gainera, guk geurea bete dugu. Aurre egiteko moduko talde bat bagina, ez pentsa bizkarra emango genienik, ez horixe, baina gaudenok egitea astakeria izango litzateke, astakeria galanta. Tira, ahalmen bereziak badituzu, ez duzu gure laguntza behar.

—Zoazte, ba. Nirekin gelditzen zara? —Diegori galdetu nion.

—Jakina. Ez ahaztu, lagundu egin behar didazu —ez zuen niganako konfiantza galtzen koitaduak, alajaina! Ez zekien ondo...

—Zuen ustez, nora eramango dituzte? —joan aurretik azken galdera egin nien.

—Ergoenara, zalantzarik gabe. Ergoenakoak izan dira kaltetuak, beraz, beraiei dagokie mendekua hartzea. Aldi berean, ohi zen bezala, Lazkaoko Jaunari ospakizun batekin esker ona emango diote.

—Ez dute adurra alde izan gizagaixoek —mintzatu zen aurretik ibilia—. Antza denez, mugarantz zihoazela, Lazkaoko jaunaren taldea atzetik zetorkiela ohartuta, Beiretarantz bideratu dira gureak, jazarleei ziria sartzeko asmoz. Oker atera zaie oso. Abereak ez uzteagatik, nonbait. Ergel halakoak!

—Ergoenara eramango dituzte orduan.

—Hemen gauden bezain seguru nago. Erne ibil zaitezte, hortaz, zuek ere zintzilikatuta bukatu nahi ez baduzue. Zuek ikusi zer egin, laster batean hemen izango dituzue etsaiak, honantz datoz eta. Gu bagoaz, berandu izan baino lehen hanka egin behar dugu hemendik, Athaunen gure lepoa ez da-eta arriskuan egongo —esan eta, eskuaz agurtu ondoren, ziztu bizian joan ziren ibarrerantz.

—Diego, patuak elkartu egin gaitu eta, oker ez banago, gure lagunak Ergoenan elkartuko ditu —esan nion, neska ere han jotzen bainuen—. Ez dugu itxaropena galdu behar.

Zoria alde badugu, eta espero dezagun honela izatea, bide batez bi mandatu egingo ditugu.

—Irrikitzen nago, ez dut beldurrik, zure ondoan ez dut batere beldurrik.

Ikaragarria zen haren konfiantza. Nirea ez, noski, etorkizuna laino beltzez beteta nekusan eta.

XI
ERGOENA

Bakarrik geratu ginen Diego eta biok. Lagunak adi begiratzen zidan, zer erabakitzen nuen zain, nire ahalmen berezietan uste osoa jarrita. Nik, tamalez, geroa ez nuen berak bezain argia ikusten, oso iluna baizik. Gai izango ginen gure laguna basati haien atzaparretatik libratzeko. Nola aritu beharko genuen...?

Menditik behera zetorren talde baten oihu eta hotsek eten zizkidaten gogoeta ilunak. Lazkaoko jaunaren taldea zen, noski, eta une batetik bestera gureganaino iritsiko zen. Partaideak, antza, garaipena ospatzen ari ziren ordurako.

Elkarri begira egon ginen une batez, zer egin elkarri galdezka-edo, denbora alferrik galduz. Une batez soilik, zeren garbi baitzegoen zer egin behar genuen: lehenbailehen ezkutatu! Beraz, zalantza-unea gaindituta, gure inguruari begiratu azkarra eman, eta gertu zeuden gorosti batzuen artean ezkutatu ginen. Hostotzan gordeta, lur hotzari itsatsita arnasari eutsiz, zelatan jarri ginen.

Hogeita hamarren bat lagunek osaturiko taldea zen. Zaldizkoak, dozena bat inguru, besteengandik nabarmentzen ziren, hala janzkeran nola tankeran ere; batik bat talde-burua zirudiena, Lazkaoko jauna, ziurrenik. Beronen inguruan zihoazen zaldi gainekoak; atzetik, berriz, oinezkoak, laguntzera joandako nekazariak. Zaldunek kasket batekin babesten zuten burua, soina eta zangoak larru eta burdinazko piezekin, eta bota-edo moduko larruzko oinetako luzeak zeramatzaten. Gerrarako jantzita zihoazen, ongi hornituta, ezpata, lantza eta sastagaiekin.

Oinezkoen artean zihoazen bi presoak. Lapurren burua, jipoi ederra jasota, zabuka zihoan; Mikel, aldiz, azalekoari jaramonik egiten banion bederen, ukitu gabe. Kinka larrian ikusita ere, pozgarri suertatu zitzaidan, izugarri poztu ninduen berriro ikusteak, goibel baina osorik, banandu ginenean bezala.

Korapilo bat egin zitzaidan zintzurrean.

Dena dela, Lazkaoko jaunaren taldekoen poza nirea baino handiagoa zen, askoz ere handiagoa. Gure aurretik pasa ziren, arreta erabat galduta, oinezkoak algara bizian, mendekua ospatzen jadanik. Guztien gogoan, dudarik gabe, soka erabili aurreko jan-edanaldia zegoen.

Mikel ere zintzilikatuko ote zuten? Izuikara batek buruko ileak laztu zizkidan. Gauza ziren hori egiteko, zalantzarik gabe, garai hartan soka eta sua erabiltzea arrunta baitzen, oso oker ez banengoen. Baina, ni ere, nola ez jakin arren, gauza izango nintzen astakeria galarazteko. Bai horixe! Zorte handia beharko nuen, jakina, zorte izugarria; eta ausardia, noski, eta ez nolanahikoa. Erronka handia zen, bada, Diego eta biona. Honentzat beharbada ez hain handia; niretzat, berriz, sekulakoa, gisa hartako liskarretan, hil ala biziko liskarretan, ez bainuen eskarmenturik. Pentsatze soilak ia dardarka jartzen ninduen.

—Ardoa eta sagardoa erruz ibiliko da eskuz esku —esan zidan Diegok taldea urrundu eta gero—, odola berotu eta zuhurtasuna geldotu egingo zaie, ikusiko duzu. Horrek emango digu zerbait egiteko aukera, inork ez du-eta urkamendua galtzerik nahiko, ziur izan. Zuk zer edo zer asmatuko duzu.

—Mikel ere… —beldurra eman zidan gogoeta beltza azaltzeak.

—Ez dut uste, bestela dagoeneko, lapurra bezala, jipoituko zuten. Zuen jatorria-edo kontuan izanik, sutarako gordetzea izango da Lazkaoko Jaunaren asmoa, bere jarraitzaileei jostaldi bat eskaintzeko bizirik gorde.

—Ederra, arranopola! Soka ez bada sua. Garai ero honetan ez dago beste dibertimendurik? —esan nuen ikaratuta.

—Baina ez dago kezkatzeko ziorik.

—Ez dagoela...? —txundituta begiratu nion.

—Ez, ahaltsuak zarete.

Betiko leloa! Berak bakarrik sinesten zuen leloa, noski, zeren nik… Baina, nola edo hala, egia bihurtu behar nuen haren uste sendoa.

Zuhurtasunak agindutako tartea gordez joan ginen taldearen atzetik ibarrerantz. Ergoena auzo aldean sagasti eta gaztainadiek ordezkatzen zituzten pagadiak; auzo inguruan zenbait intxaurrondo ere ikus zitezkeen. Lagunak esan zidanez, negu gorriari aurre egiteko ezinbestekoak ziren arbola haien fruitu iraunkorrak, garrantzi handikoak omen ziren garaiko elikaduran.

Gaztainadi batetik taldea Ergoenara iristen ikusi genuen. Sekulako ongietorria eman zieten baserri inguruetan bildutakoek menditik zetozenei. Eguerdi hotzaren lasaitasuna guztiz asaldatuta gertatu zen.

Orduantxe, gogora etorrita, motxilatik prismatikoak atera nituen. Harridura soan, nola ez, begiratu zituen Diegok. Areago begietan ipini nituenean. Behaketak Mikel baserri baten atzealdeko bordan nola sartzen zuten ikusteko parada eman zidan. Gizon lantzadun bat geratu zen ate ondoan.

Diegori luzatu nizkion gero. Errezeloz hartu, aurpegiratu, arras ikaratu eta berriz ere niri eman, ia batera gertatu zen. Zeharo harrituta geratu zitzaidan begira, baita beldurtuta ere, nonbait.

—Zaku bitxi horretan eskua sartzen duzun bakoitzean gauza harrigarri bat ateratzen duzu. Izugarria! Zurea delako, bestela... —aho zabalik zegoen— infernuko tresna zela esango nukeen. Ene! Begi-kliskada batean baserriraino iristea... Arranopola! Zin egiten dut Aralarko Aingeruaren santutegira joan behar dudala opari bat egitera. Inesekin joango naiz, bai horixe, mendia loratu orduko joango gara, zin egiten dut.

Gogo gutxi izan arren, barre egin nuen, ikustekoa baitzen Diegoren begitartea. Gero prismatikoei buruz azalpen batzuk eman nizkion, azalekoak, sakontasunetan sartu gabe. Ez dut uste gehiegi ulertu zuenik. Berriz ere luzatu nizkionean, halere, lasaiago eta luzeago egon zen begira.

—Ikusten? Zu hemen zaude, ez zara mugitzen, begirada soilik gerturatzen zaizu, ez begiak. Ez dago inolako sorginkeriarik.

—Batzuetan beldur ematen didazu. Baita zure munduak ere.

—Azken horrek niri ere bai, ez pentsa. Dena dela, XX. mendea munduko historian menderik doilorrena zela uste banuen ere, honezkero ez nago hain seguru. Garai guztietan ere... Tira, mugi gaitezen! —historia aztertzea baino zeregin premiatsuagoak genituen egun hotz hartan.

Babesa bilatzeari ekin genion. Ilundu arte ez zegoen ezer egiterik eta, bestalde, atseden hartzea ere ez zitzaigun gaizki etorriko. Beharra genuen, behar handia izan ere, egun biziaren eragina jasaten hasiak baikinen ordurako; eta, gainera, gauak zer ekarri behar zigun ikusteko zegoen. Jakina, zelatatzen utzi gabe hartuko genuen atseden, zereginean tartekatuz.

Bilaketa hasi aurretik prismatikoak hartu eta beste begiratu bat eman nion ibarrari. Lapurra kanpoan lotuta ikusi nuen. Mikel zegoen bordan, ate ondoan, gizon lantzadunak segitzen zuen.

XII
MIKEL

Zerua, urdintasuna galduta, ubel zegoen. Ekintzara pasatzeko une larria gertu genuen. Ergoenakoak jateari eta edateari emanak ziren ordurako. Algararen oihartzunak guganaino iristen ziren, argi-argiak gainera. Pozik zeuden baserritarrak, alai eta lasai, izan ere euren ondasun urriak salbu zeuden lapurrak akabatu eta gero. Diegoren ustean, ordea, ez luzaroan, goseak lagun asko bideratzen baitzuen bide okerretik.

—Nagusien jarraitzaileek ere, edozein aitzakia dela medio, esku luzeak dauzkate maizegi. Eta haiek, noski, ezikusia egiten dute. Mesedeak ordaintzeko era merkea da, nonbait —gaineratu zuen lagunak.

Iluntzen hasi aurretik, arratsaldean, ni lo-kuluxka bat egiten ari nintzen bitartean, Diegok bila zebilen neska ikusi uste izan zuen. Mikel zegoen etxe berean ikusi uste ere. Hala bazen, ez zen berri txarra, ekintza berean aska baikenitzakeen gure bi lagunak. Hala ere, ez zen ausartu prismatikoekin begiratzen, azalpen eta guzti ez zen tresna haietaz fidatzen.

Ni bai, adi eta luze egon nintzen begira, eta irudi zehatza egin nuen alderdiaz. Bertaratzeko, bordan eta baserrian sartzeko eta ihes egiteko bideak gogoan geratu zitzaizkidan argi oso. Halaber, Diegoren ustea uste sendoa zirudiela ondorioztatu nuen. Hura guztia azaldu nion. Ez zuen eragozpenik jarri, aitzitik, itxaropentsu agertu zen, ordura arte bezala nire ahalmenetan uste osoa jarrita baitzeukan. Egia esan, zaila izanagatik, ez nuen uste aldez aurretik espero bezain zaila izango zenik lagunak askatzea, batik bat behekoen konfiantza eta ospakizunean parte hartzeko gogo bizia kontuan izanik. Mikelen zaindaria, esaterako, ate ondotik hamaika joan-etorri egiten ikusi nuen. Hala eta guztiz ere, ez zen nire asmoa atetik sartzea.

Erabat ilundu aurretik abiatu ginen. Nahiko lasai nindoan, gezurra badirudi ere. Harritua ninduen lasaitasunak, eta ez une hartakoak soilik, baita bi egun zoro haietan zehar izandakoak ere. Lagunak nire gainean ipintzen zituen dohain harrigarrietan sinesten hasia ote nintzen? Auskalo! Kontua da, poliki-poliki, pauso bakoitza neurtuz, hurbilduz joan gintzaizkiola baserriari. Iritsi aurretik, ordea, gertu jada, zelatan geratu ginen erabat ilundu arte. Algara guk uste baino handiagoa zen, eta handiagotuz joango zen, noski, sagardoaren eta ardoaren eraginez.

Ateko zaindaria, goitik ikusi genuen bezala, gu baino urduriago zebilen, ospakizunean parte hartzeko gogoz baina ezinik.

Dena dela, esan bezala, ez zen gure asmoa zentinela zegoenetik Mikelengana iristea, ez horixe, aurkako alderditik baizik, hots, zotalezko gainaldetik. Hara igo eta zulo baten bitartez, eskalada-sokak lagunduta, sartuko nintzen barrura. Sartzeko era errazena izateaz gainera, Mikel askatu ondoren Inesen bila jarraitzeko aukera paregabea emango zigun gainaldeak, gure ustearen arabera gertu baitzegoen Ines gordeta zeukaten gela, baserriaren bigarren solairuan.

Iluntasunean babestuta iritsi ginen igotzeko aukeraturiko tokira. Iskanbilak mesede handia egin zidan asmoa burutzeko. Batere kosta gabe teilatura ailegatu nintzen pareta trauskiletik gora. Sokak lagunduta igo nuen Diego. Gero, zotalen gainean etzanda egon ginen luzaro, arnasari eutsiz, erne, ingurua aztertzen genuen bitartean.

Ospakizunari erabat emanda zeuden Ergoenan bildutakoak. Beraz, ekin geniezaiokeen aldez aurretik erabakitakoari. Zotalek ez ziguten eragozpenik jarri. Baina bat kendu eta, zuloa zabaltzen jarraitu aurretik, barrualdea aztertu nahi izan nuen, badaezpada ere. Ez nuen ezer ikusi, ezin zen, han ez zegoen argirik, iluntasuna kanpokoa baino handiagoa zen. Bihotza saltoka zuloa handitzen segitu genuen.

Bukatu genuenean, sartu aurretik, adi geratu nintzen. Unea larria zen, urduri nengoen, borda barruko isiltasunak urdurituta. Nola egongo zen Mikel? Ia hotsik atera ez bagenuen ere, harrezkero zuloa ikusiko zuen... Baina ikusi bazuen ere, ez zuen txintik ere esan, mugitu ere ez zen egin. Kinka estua, benetan!

Sartzeko prest nengoen. Baztertu nuen sartu aurretik linterna erabiltzeko gogoa. Ilunpetan sartuko nintzen, ahalbait isilen, badaezpada ere. Ez nuen uste Mikelekin inor egongo zenik, bestela barnea ez zen ilunpetan egongo, jakina. Hala eta guztiz ere...

Soka ongi finkatu nuen, zulora hurbildu eta barrurantz lerratu nintzen, saguzar bat banintz bezala. Lurra ukituta isil-isilik gelditu nintzen. Bazter batean hots apal bat aditu nuen. Adi-adi segitu nuen.

—Nor da hor? —hurrengoan Mikelen ahotsa aditu nuen, motel-motela.

—Ixo! Aitor nauk —esan nion ahapeka, erabat hunkituta—. Bakarrik al hago?

—Bai —xuxurlatu zuen.

Bozaren sorbururantz joan nintzen. Gero, linterna piztu nuen, ahalik eta argi txikiena zabaltzen saiatuz. Hantxe zegoen nire lagun mina, lurrean etzanda, besoak eta hankak lotuta. Hitzik esan gabe, bihotza samur-samur, lokarriak ebaki nizkion. Besarkada bortitz batekin bat egin genuen. Negar malkoek begiak lausotu zizkidaten; zirrara berezi batek bihotza estutu zidan.

—Ongi al hago? —galdetu nion.

—Orain bikain.

—Pozten nauk, izugarri pozten nauk! Gero hitz egingo diagu, orain goazemak hemendik, goazemak lehenbailehen —esan nion.

—Bai horixe! Baina motxila hartu behar diat, bazterrean zagok eta —esan zidan gorantz egin aurretik.

XIII
INES

Soberan zeuden hitzak gure barne-sentimenduak azaltzeko. Bihotzek hitz egin zuten gure partez. Denbora gutxi, ordea. Ondoren, denbora gutxian ere, hitz bitan, adierazi nion Mikeli banandu ondoren gertatutako guztia, lagun berriarena eta haren lagunarena barne. Baina ez geneukan luzamendutan ibiltzeko astirik, neska askatu eta ihesari eman behar genion. Eta gainera, gureganaino iristen zen algararen arabera, huraxe zen une egokia. Beraz, ez genuen alferrik galdu behar.

Lapur gizagaixoa gogoetagai izan nuen une hartan. Haren zorigaitza, haren heriotz gogorra, gure salbazioa izango zen nonbait, une garratzaren gertutasunak itsutuak baitzituen gure etsaiak. Bizitzaren paradoxak! Nahita ere, egia esan, ezin genuen ezer egin haren alde, gure lepoa soka batekin inguraturik ikusi nahi ez bagenuen, jakina.

Zotalezko gainaldera igo ginen. Diego esperoan genuen, urduri samar. Berehala, igoaldi erraz bat eginik, ganbara moduko gelan sartu ginen. Teilatu ondoan zegoen, eta baxua zen oso, hain baxua non makurtuta ibili behar izan baikenuen. Baserriaren epeltasuna fereka bat bezala izan zen guretzat. Ongi samar hornituta zegoen, bestalde, negualdiari aurre egiteko. Linternaren argiak gaztain eta intxaur ugari jarri zigun begi-bistan. Aurrera segi aurretik sakelak bete genituen.

Ganbara zeharkatu genuen beheko solairura eramango gintuen aterantz. Kontu handiz zabaldu arren, ate zaharrak egin zuen kirrinkak bihotza airean jarri zigun. Arnasari eutsiz geratu ginen hirurok. Egoera hartan iraganiko unea, laburra izanik ere, bukaezina iruditu zitzaidan. Zorionez, sekula koipeztatu gabeko atearen zaratotsa ez zen inoren belarrietaraino iritsi, baserri barruko lasaitasun astunak bere hartan jarraitu baitzuen. Laster, haztamuka ibiliz zuzi batek ozta-ozta argiztatzen zuen korridore zabal batera iritsi ginen, aurreko solairura hain zuzen, ustez neska zegoen solairura.

Bertan jasan genuen hurrengo izualdia, aurrekoa baino bortitzagoa, gainera. Bat-batean ate bat ireki zen. Hormari itsatsiak, bihotza zoroki bularrean, erne gelditu ginen, erditzaletan babestuta.

Andre zahar bat zen. Irten, atea kanpotik trangatu, eta guri bizkarra emanez beherantz joan zen, korridorearen beste muturrean zeuden eskaileretatik. Elkarri begiratu eta sakon hartu genuen arnasa hirurok. A ze lasaitua hartu genuena!

—Orain nire txanda da —esan zigun Diegok, begirada emakumea irten zen gelarantz zuzenduz.

Ezpata motza larruzko zorrotik atera eta, mamu bat bailitzan, barnebidetik abiatu zen. Begira geratu gintzaizkion Mikel eta biok, urduri oso, segundoak luze baino luzeagoak iruditzen zitzaizkigula. Kontu handiz kendu zuen tranga, hotsik atera gabe zoruan utzi, eta barruratu zen gelan. Sartu orduko oihuxka bat iritsi zen gure belarrietaraino. Gero isiltasuna egin zen berriro, gero eta astunagoa zen isiltasuna.

Lagunaren zain geundela (motza izan arren gelan zeraman tartea ikaragarri luzea egiten ari zitzaigun), oinotsak entzun genituen. Baten bat gorantz zetorren. Berriro hormari itsatsita, zeharka begira, gizona ikusi genuen. Kopa bat zekarren eskuan. Zabuka bi pauso aurrera eman, trago luzea jo, korroskada ozena bota, eta Diego sarturiko gelan sartu zen bera ere.

Ate ostean desagertu zenean elkarri begira egon ginen, kezkatuta, zer egin ez genekiela. Une batez soilik, berehala gelarantz joan baikinen. Baina abiatzeko unean hots gor bi entzun genituen, eta ate ondora iritsi ginenean sartu berria lurrean ikusi. Diego eta neska ondoan zeuden, begiak zabal-zabalik konortea galdua zuenari begira. Mutilak ezpata jaso zuen.

—Geldi, odolik ez! —esan nion ahots apalez baina irmo—. Horren odolak odol gehiago ekarriko du, zuk badakizu, guk baino hobeto jakin ere. Beraz, aurre egiozu gorrotoari.

Ez zitzaion erraza izan aukera egitea. Tartetxo bat duda-mudatan egon ondoren, ordea, amore eman zuen, kostata bada ere, eta ez guztiz konbentziturik gainera.

—Hau da Larrazako mutil gaiztoa, Judasen odola ekarri duen mutil gaiztoa, bere etxearen izen ona zikintzen duena —esan zuen zoluan zetzanari begira.

—Horixe uste nuen. Baina ez zikindu zeurea bere odolarekin. Nahikoa isuri da gaur. Ea bada, bizkor ibil gaitezen, bestela gureak ere ez du asko iraungo zainetan eta.

—Goazen, lehenbailehen! —esan zuen Mikelek, urduri.

—Bai —Diegok bere onera etorrita haren hitzak baietsi—, anker horrek lo egingo du denbora puska batean. Alferrik da esatea, baina hau da Ines.

—Pozten gara, biziki —agurtu nion begirada iheskorra jaurtikiz, baina aski haren edertasuna ikusteko—. Tira, orain hanka egin behar dugu; kinka larri honetatik onik irteten bagara, izango dugu astia lasai hitz egiteko, baita ospatzeko ere.

XIV
ASKATASUNERANTZ

Zortea eta ospakizun makabroa gure alde (Ergoenan bildutako guztiak lapurraren inguruan zeudela ematen zuen), dena uste baino errazago atera zitzaigun, azken momentuko ezuste eta guzti. Alabaina, ihesaldiari nahi baino geldoago eman genion, nire usterako. Sartzeko bide berbera erabili genuen alde egiteko ere. Ganbaratik txabolaren teilatura eta handik lurrera jaitsi ginen, kontu handiz, eta kontu handiz hasi ginen baita ere auzotik urruntzen. Baina, esan bezala, geldiegi gindoazela iruditzen zitzaidan. Beharbada bihotza zangoak baino askoz ere arinago zebilkidalako izango zen. Beharbada bai. Gure egoera, dena dela, ez zen segundo bat ere galtzeko modukoa, gelan geraturikoaren faltaz ohartu aurretik, edo haren itzarrera gertatu aurretik, ahalik eta urrutien egon behar genuen onik irteteko, ibaia zeharkatuta mendian gora gutxienez.

Ez genuen itsumustuan alde egin behar, bestalde. Arratsaldean, prismatikoek lagunduta, hamaika aldiz aztertu nituen inguruak; ilunduta, berriz, ez zitzaigun nik uste bezain bizkorra gertatu ibaia zeharkatzeko zubira ailegatzea. Bide eta lursoroetan barrena joan ginen, sarri behaztopa eginez eta batzuetan lurrera eroriz ere bai. Linterna bana genuen Mikelek eta biok, baina zubia zeharkatu eta mendiz gora egin arte arriskutsuegia zen erabiltzea. Beraz, eta unea iritsi bitartean, ozta-ozta nabari genezakeen ibaiaren lerro makurrari jarraitu behar genion, haren ur lasterrak gure alboan utzi arte.

Goizean bezala, bide erabilienak eta erabilerrazak baztertuz, luzeena aukeratu genuen gaztelura joateko, gure ustean zaldiz aterako baitziren gure atzetik. Nolanahi ere, gau gogorra pasa beharko genuen, hotza handia baitzen.

Arnasestuka zeharkatu genuen zurezko zubia. Bide zabalak ezkerrera egiten zuen, Ergoenarantz; guk aukeratutakoak, berriz, Urkillaga gainerantz. Bideska bat zen. Egunargiz ez zen batere erosoa zaldiz egiteko; gauez, ia ezinezkoa. Beraz, hori kontuan hartuta, hura zen biderik egokiena.

Atsedenalditxo bat egitea deliberatu genuen aldapan gora hasi aurretik. Berehala, ordea, bertan behera utzi behar izan genuen.

Izan ere, zentzumenak erne geneuzkan, gero eta ahulago iristen zitzaigun algaran ipinita, honek Ergoenan gertatzen ari zenaren berri emango zigulakoan. Eta halaxe izan zen. Guk uste baino lehenago, edo, beharbada, nahi baino lehenago, moteldu zen. Une batez ez zen hotsik heldu gure belarrietara. Handik pixka batera, ordea, berriz ere sortu zen, ozenagoa eta guztiz bestelakoa sortu ere. Gau hotzaren isiltasuna urratu zuen. Ihesaren berria zabaldua zen.

Hitzik esateke, nekeari aurre egin, eta bide-zidorretik abiatu ginen maldan gora: nekearen nekez, izuak zangoei hegoak ipinita eta pausoak itsumustuka emanez. Laster, mendi itxian, linternez baliatu ginen hobeto ibiltzeko. Argia sortzeko ahalmenak ihesaldia erraztuko zigun, noski, baina ez nekien aski izango zen, gaua luzea zen, luzea eta ikaragarri hotza; beraz, beldur nintzen.

Argia ikusi orduko gelditu egin zen neska, bisaian harridura eta izua agerian, gure magia ikusita. Diegok lasaitu zuen, Mikel eta biok Aralarko Aingeruaren lagunartean sartuz.

Egia ahal balitz!

Berriro abiatu ginen. Bidea estua zen, lurra gogortua zuen izotzak, harriak labain bihurtuak. Ibilaldia nekosoa zen oso. Soiluneetan ilargiaren argitasun zurbilak zertxobait laguntzen zigun, baina tarte haiek ez ziren luzeak. Behar ere ez, noski, guk Urkillaga mendatetik gora egin arte bederen.

Mendatean atsedenaldi bat egin genuen. Ezinbestez egin behar izan genuen, nekatuta baikeunden, denbora guztian aldapan gora ibili eta gero. Neskak, gainera, oinak minberaturik zituen. Ez zen harritzekoa haren oinetakoak ikusita; baina txalogarria zen, benetan, ordura arte ibili zen bezala ibiltzea.

Tarte hartaz baliatu nintzen prismatikoekin gauean arakatzen ibiltzeko. Alferrik, noski, izara beltzak galarazi zidan bere gauzetan sudurra sartzea. Iluntasuna nonahi zegoen zabalduta. Pozgarri zen, noski, etsaiak inguruan ez zebiltzan seinalea baitzen.

Hankabikoak ez ziren, haatik, gero gure sorterria izango zen eskualdean genituen etsai bakarrak. Halako batean, ilunpeetatik sortuta, lau hankako bat izan genuen aurrez aurre. Burua zabala zuen, muturra estua baina sendoa, eta are sendoagoak agerian zituen betortzak. Otso bat zen! Guri begira geratu zen, marmar egiten, mehatxagarri. Une baten ostean, burua zerurantz bideratuta, ulu egin zuen.

Hotzikara batek odola gaueko tenperaturaren pare jarri zidan. Animaliari begira, izututa laurok, lipar luze batean ez genuen hitzik egin, ezta mugitu ere, Diegok ahapeka hitz egin zuen arte.

—Taldea ez da urruti egongo —esan zigun—. Neguan otsoak taldeka ibiltzen dira. Zer egin dezakegu?

Haren galderak ez zuen erantzunik jaso. Ez ginen mintzatzeko gauza, ezta ezer egiteko ere, ikaratuta piztiari begiratzeko soilik. Honek beste ulu bat bidali zion ilargiari, aurrekoa baino luzeagoa. Begiak ñirñirka zituen eta letaginak, esan bezala, agerian; nik, berriz, zangoak makal, dardara bizian.

Grrrrrr...! Haren marmarioak ez zuen asmo onik aldarrikatzen.

Zorionez Mikel gauza izan zen egoera larriari aurre egiteko. Bere burutapenak atera gintuen estualditik eta otsoa ihesian jarri. Bat-

-batean linterna piztu (zuhurtasunak aginduta Urkilaga gainera iritsi baino zertxobait lehenago itzali genituen) eta argia piztiarenganantz bideratu zuen. Berehalaxe gauza bera egin nuen nik ere.

Argiaren erasoak ezustean harrapatu zuen, antza, atzera egin baitzuen pitin bat. Eta marmarioa areagotu bazitzaion ere, eta letaginak behin eta berriz erakutsi bazizkigun ere, poliki-poliki joan zen atzeraka. Estu eta larri artean, jarraitu genuen era hartan otsoa oldartzen, etengabe garaipena geureganatu genuen arte. Argiak itsuarazia edo, halako batean ulu dardarti bat jaurti, eta etorri bezala ilunpetan galdu zen pizti gosetia.

—Hirea burutazioa! —esan nion lasaituta—. Nolatan...?

—Nik baneki! —Mikelek erantzun.

—Otsoen artean ere nagusi —Diegok.

—Aralarko Aingeruak babesten zaituzte, ezbairik ez —neskak.

Pasadizoa indargarri suertatu zitzaigun, nolabait esateko, bizkor jarri baikinen bidean. Hala ere, ez ordura arte bezain bizkor, nekearen eragina gero eta nabariagoa baitzen gugan.

Abiatzeko unean, alabaina, ohiturari-edo jarraikiz, eskumuturra luzatu nuen ordua ikusteko asmoz. Erlojuaren pantailatxoa aurreko moduan zegoen. Mikeli galdetu nion.

—Ez zabilek, zulokoaz geroztik ez zabilek. Eta pila faltan ez zagok —erantzun zidan.

—Nirea bezala; eta une beretik. Harrigarria, ezta?

—Zer ez ordudanik!

Agautz menditik gertu txabola batekin egin genuen topo. Ordurako neka-neka eginda geunden. Gaua artean hasi berria zen, nolabait esateko, eta kontuan hartuta handik aurrera bidea pikoa zela, bertan atseden hartzea erabaki genuen. Eguna urratu baino lehen abiatuko ginen, halere.

Sua piztu genuen txabolan aurkituriko txotx eta egur zatiekin. Metxeroak, jakina, harridura handia eragin zuen Inesengan! Dena dela, gizaki apartak ginelakoan, parada hartan ez zen ikaratu. Gero, ganbaratik harturiko gaztaina eta intxaurrak jan ondoren, bat zainketaz arduratzen zen bitartean, barnegiro epelaren magalean lokartu ginen.

Eguna argitu aurretik bidean geunden berriro. Kostata, nagiak nekez ateraz, barnegiro gozotik irten ginen. Izarrek distira galdua zuten jadanik, zerua ez zen hain iluna, eta ekialdean argitasun apala soma zitekeen.

—Orain aldapan behera ibiliko gara denbora puska batean —esan nien abiatu ginenean—, eta, eguna urratutakoan, Athaunetik gertu egongo gara. Alkaideak lagunduko digu, seguru egongo gara gazteluan, etsaiengandik babestuta behinik behin... Zeren gurea konpontzeko... —ezkor bukatu nuen.

—Gure etxeko ateak zabalik dituzue —esan zuen neskak eskerrona azalduz.

—Horrek ez du gure egoera argituko. Milesker, hala ere. Tira, ez dezagun geroa aurreratu eta goazen oraina segurtatzera —geroa geroko uztea erabaki nuen, oraina artean ez zen erabat argia eta.

XV
BORROKA

Eguna argitu zuenenan gertu ginen gaztelutik, edo, hobeto esateko, bertaratzeko bide nagusia utzi behar genuen tokitik. Hartara iritsi, bide zabala utzi, eta bideska batek etsaiengandik salbu jarriko gintuen. Artean, ordea, Aralar mendirantz zihoan bide zabalean genbiltzan, leher eginda, neke eta hotzarekin borroka bizian, handiak baitziren biak. Hauek zailtzen ziguten ibilaldia, ez zitzaigun batere erraza egiten orekari eustea lur gogorrean, batik bat neskari. Gazteluaren gertutasunak, zorionez, indarra ematen zigun aurrera jarraitzeko, hotzari ez ezik baita etsipenari ere aurre egiteko. Izan ere, ordu bete eskas besterik ez zitzaigun falta iristeko, ordu bete bazter guztiak nahasten ibiliko zirenengandik salbu egoteko.

Ordu bete soilik!

Isilik gindoazen, gogoetei emanda, laurok. Gogoeta ilunei emanda ni, ordu bete barru Mikelek eta biok aurre egin beharko baikenion errealitate gordinari, eta hasi denboran zehar bidaiatzeko moduaren bila, jakina. Ez genuen lan makala, alajaina!

Pentsatze soilak barrena dardarka jartzen zidan.

Alabaina, kinka larriagoak ere pasatzeko geunden artean, zoritxarrez, gezurra badirudi ere.

Halako batean, zaratots batek egunsentiaren isiltasuna urratu zuen. Ibarretik gora arrapaladan zetozen zaldiek eta zaldizkoek egiten zuten. Zur eta lur geratu ginen, hitzik esateko gauza ez, elkarri begira, susmo ilun batek hartuta.

—Aditzen duzue? —Diegok hautsi zuen lauron inguruan sorturiko isiltasun astuna—. Larrazako mutilaren lagunak, nonbait, bera ez bada.

—Ez dugu ihesbiderik —gaineratu zuen neskak, arras ikaratuta.

Bidearen bihurgune batean ikusi genituen. Bi lagun zetozen aldapan gora, goitik behera gudarako jantzita eta zaldiak lehertu arte behartuz, zuzenean gureganantz. Iritsi baino lehen, halere, bagenuen denbora pixka bat zer egin erabakitzeko. Pixka bat soilik, besterik ez.

—Larrazako mutila da. Zital hori! —esan zuen neskak berriro, gazte setatia berehala ezagutuz.

—Aurre egingo diegu —esan zuen Diegok, ezpata larruzko zorrotik ateraz.

—Bai, baina ez nolanahi —esan nion, haren asmoa ontzat emanez, baina ez berak nahi zuen bezala.

—Nola? —Mikelek galdetu zuen, eszeptiko.

Banekien nola. Egun haietan izandako argitasuna agortu gabe nuen, antza, zeren aurrera begiratu eta orduan ere argitxo bat piztu baitzen nire baitan. Bitan pentsatu gabe asmoa burutu bidean jartzea erabaki nuen.

—Tira, goazen aurrera, bizkor! —esan nien berrogeita hamar bat metro aurrerago begira, bidea pago artean galtzen zen alderdia seinalatuz—. Diego eta Ines, zuek pago ostean ezkutatu, eta hi, Mikel, gelditu nirekin. Rappel berezi bat egin behar diagu.

Hitz gutxitan azaldu nion asmoa. Gero pago batera igo ginen. Bi adar sendo aukeratu eta eskaladako sokak lotu genituen. Ondoren zuhaitzaren enbor lodiaren atzean ezkutatu ginen, bihotza airean, iristear ziren zaldizkoen esperoan.

Arrapaladan azaldu ziren bidean, gupidagabe animaliak ezproiez joz, zuzen-zuzen gu geundenerantz. Begiradaz bat etorri ginen

Mikel eta biok, eta zaldizkoak iristear zirenean, hegan egin genuen oihuka. Sokek lagunduta, arranoak bagina bezala, itsumustuan harrapatu genituen etsaiak.

Bikaina rappela! Errepikaezina!

Jazarle joan eta jazarriak gertatu. A ze ezustea hartu zuten Elbarrenako mutilek! Baita sekulako ikaraldia ere, noski. Zer gertatzen ari zen konturatzerako zaldietatik lurrera erauzi genituen, zanpateko ederra hartuaraziz.

Batera burutu genuen hegaldia Mikelek eta biok. Eskalada-sokek aise eutsi zioten gure bultzadari, baita adarrek ere. Hobezina izan zen Mikelena, oinekin talka egin baitzuen Larrazako gaztearen bularrean, buruz atzera eraitsiz; ez hain ona nirea, eragingarriagoa izan arren, zeren etsaiaren kopeta jo nuen belaunez. Hura ere, bestea bezala, hankaz gora erori zen lurrera, baina konortea galduta. Jo orduko, ordea, min handia sentitu nuen belaunean. Une hartan, ordea, belaunetako minak ez ninduen gehiegi kezkatu, handia izan arren.

Diegok espero zuen unea iritsia baitzen. Ezpata eskuan hurreratu zen Larrazako mutilarengana: erne, neke arrastorik ez beregan, muskuluak teink liskarrerako. Zutitzen utzi zuen. Ez zuen egoeraz baliatu nahi izan auzia behin betiko garbitzeko.

Ez zitzaidan gogoko liskarra, hastear zen odol-isurketa, baina neure burua garaiko ohiturei egokituta, amore eman behar izan nion lagunaren nahiari. Hura zen, gainera, une hartako irtenbide bakarra, onerako zein txarrerako. Ikara barreneraino sartuta nuen, eta ez nik bakarrik, baita nire lagunek ere. Lehiakideei begiratzen genien, begiak zabal-zabalik begiratu ere, izua begiradan nabarmen. Inesek, zurbil-zurbil, begiak malkoz beteta, ez zion begirik kentzen bihotzeko mutilari; honek, berriz, itxuraz lasai, begi gardenei adorea zeriela, gorrotoz begira aurrez aurre zuen etsai gazteari.

Altzairuaren soinu zorrotzak behin eta berriz urratu zuen goiz parteko patxada. Ilea lazteko modukoak ziren, besoei indar handiagoa emateko asmoz, gazteek egiten zituzten garrasiak. Ezpatakadak ere zein baino zein bortitzagoak ziren, ikaragarriak, gizakume bat erdibitzeko modukoak. Hala ere, bai Diegok bai Larrazako mutilak, itzuri eta gerarazteko trebetasun handia erakutsi ziguten.

Gaitz erdi!

Borroka luzatuz joan zen. Latza izan ere. Burdinaren klinkek eta gazteen eeeufek ez zuten amaierarik. Okerrena espero nuen, hain baitzen handia borrokalarien arteko berdintasuna. Edozein unetan, edonork eskura zezakeen garaipena, garaipen odoltsua, nekusanaren arabera. Edota elkarri zauritu edo hil, litekeena baitzen hau ere, aipatu berdintasuna zela medio.

Beldur nion uneari, bada, beldur handia liskarraren amaierari. Zorionez, ez zen izan nik espero nuen bazalakoa, gero eta gogorragoa bihurtuz joan arren. Izerditan blai zeuden bi mutilak, ezpatakada ikaragarriak elkarri jaurtikiz, baina nekearen aurreneko aztarnak nabaritzen hasita biak. Amorruak ematen zien jarraitzeko behar zuten kemena, erasoaldiak saihesteko argitasuna. Halako batean gure lagunak urradura bat egin zion besaburuan Larrazako mutilari. Besoa minduta ezpatak ihes egin zion eskutik.

Elkarri begira geratu ziren. Gure etsai gaztea harro kinka larri hartan ere, azken ezpatakada jasotzeko prest. Arestiko gorritasuna ezabatua zuen aurpegitik; zurbila zen orduan. Ez zitzaion beldurrik nabaritzen, bere buruarekiko haserrea soilik. Izan ere, une estu hartan are mingarriagoa zitzaion porrota bizitza hari batetik zintzilika izatea baino, begibistan zegoen.

—Diego, etzazu hil! —oihu egin nion, gertatzear zegoen odol jarioak larrituta.

—Ez da nire asmoa —esan zidan lasai asko. Gero era berean mintzatu zitzaion etsaiari—. Makur jokatu duzu munduan gehien maite dudana kendu nahirik —esan zion—, haren bihotzak ukatzen zizuna indarrez lortu asmoz. Nik ez dizut kenduko daukazun gauza preziatuena, Zeruko Ahaldunak emandako bizia. Odol gehiegi ari da isurtzen gure lurraldeetan, gorrotoa zabalduegia dago, indarkeria da legea aspaldi, eta nik ez dut nahi lege makur horren morroi izan. Zoaz bakean, bada, eta baztertu zugandik guganako grina gaiztoak. Nirea ez da erabaki erraza, ez pentsa, batek daki inoiz ez ote naizen damutuko. Baina, zoaz!

—Hil nazazu —harroa zen mutila, arraioa!—, zure errukia iraingarria zait eta.

—Nire ezpatak ez du zure bularra zulatuko.

—Koldarra zarelako.

—Nire ausardia frogatu dizut, eta ez oraingo honetan bakarrik, ongi dakizun bezala. Zoaz bakean, eta ahaztu, guk egingo dugun bezala, orain arteko guztia. Bestalde, ez duzu zertan lotsaturik, zeu ere ausarta izan zara eta.

Isilik geratu zen, zertxobait lasaiago, beharbada eskaintzen zitzaion aukera barnebalantzan ipinita. Ene uste apalez irtenbide paregabea zuen inolako orbainik gabe etxera itzultzeko.

XVI
KOBAZULOA

Sekulako poza eman zidan liskarraren amaierak, Diegoren abentura sarraski batean ez bukatzeak, alegia. Baina nire pozak ez zuen luzaro iraungo, ez horixe, begien itxi-ireki batean deuseztatua gertatu zen, eta, gainera, berehala ere, haren zapore gozoaren ordez larritasunaren mikatza nabaritu nuen niregan.

Zaldi tropel baten zalapartak eten zuen liskarraren osteko une berezia. Ibarretik gora zetorkigun hura ere. Arrapaladan zetorren talde bat zen, handi samarra, asmo zitalez beteta gurekiko, noski.

Inozoa halakoa! Garaipena ospatzen hasi... Garbi zegoen ez ginela salbu egongo Athaungo murruak zeharkatu arte. Eta hura lortzeko bizkor ibili behar genuen orduan ere, berehala zirt edo zart egin, egin nuen bezala.

—Azkar! —esan nion Diegori—. Zu eta Ines zaldietara! Har itzazue eta abiatu gaztelurantz, arrapaladan!

—Eta zuek?

—Bizkor, denbora galdu gabe! Ez gutaz kezkatu, dagoeneko ohituta gaude estualdietatik irteten. Oraingo honetan ere nola edo hala moldatuko gara. Tira, zaldietara!

Besarkada presati batek banandu gintuen. Neskaren begietan perlatxo bi zintzilikatu ziren. Une labur batez isilik begira geratu zitzaigun, begi argietan esker ona islatuz, baina hitzik esan ezinik. Ez zuen beharrik, ordea, begietakoa hamaika hitz baino adierazkorragoa zen eta. Azkenean, alde egin baino lehen, hitz egiteaz gainera zilarrezko eraztun bat eman zidan.

—Gure bihotzean betiko izango duzue tokitxo bat —esan zidan hunkituta—. Gorde ezazu eraztun hau oroigarri gisa.

—Guk ere ez zaituztegu sekula ahaztuko —esan nion—. Baina mugi zaitezte, bizkor, bestela gure ahaleginak eta sufrimenduak alferrikakoak izango dira.

Zaldietara igo eta abiatu ziren gaztelura eramango zituen bideskarantz.

—Zer egin behar dugu? —galdetu zidan Mikelek, lagunak joandakoan, urduri begira laster iritsiko zirenei.

Begiratu azkarra eman nion inguruari: alferrik zen gaztelurantz abiatzea, baita Aralar mendirantz ere, berehala harrapatuko baikintuzten; eta, jakina, are alferrikakoagoa aurre egitea. Hanka egin behar genuen, ez genuen beste ihesbiderik. Eta hartarako irtenbide bakarra gure eskuinean zegoen, Arastortz deritzan mendi gainean hain zuzen ere, bere hegaletik gora eginez, aldapa pikotik gora.

—Hortik ez bada, gureak egin dik —eta malda belartsurantz luzatu nuen besoa.

—Ea ba, ez dezagun segundorik ere gal —ihesari eman zion Mikelek, amorruz beteta lurretik begiratzen zigun gazteari ezpata hartuta.

Atzetik joan nintzaion, erdi herrenka, malda pikoan gora. Tarte batez Larrazako mutilak ez zuen txintik ere esan. Zertxobait aldenduak ginela, bere lagunak gertu zeudelarik, garrasika hasi zitzaigun.

—Zuekin ez dut zorrik, deabruseme madarikatuak! Sokarena ez, suarena da merezi eta izango duzuen heriotza. Zin egiten dizuet!

Maldak amaiezina ematen zuen. Azken indarrak ahitzear genituen. Alabaina, gelditu gabe gindoazen gorantz, ahal genuen moduan joan ere, batez ere ni: tente, lau oinean, arrastaka... Edonola! Izan ere, geziak gure inguruan sartzen hasi ziren lurrean, gertu oso. Gero eta gertuago geneuzkan etsaiak ere, Larrazako mutil amorratua buru zutela.

Leher eginda, belaunean min handia nuela, geraldi bat egin behar izan nuen. Ahozpez geratu nintzen. Mikel, berriz, atzera begira geratu zen, jazarleekiko tartea neurtuz. Nahikoa zen artean, baina luzaro gabe...

—Aurrera, Aitor, aurrera! —esan zidan arnasbehartuta.

—Ezin diat, porru eginda nagok, belauna minduta.

—Ez gaudek tontorretik urruti. Ea, azken ahalegina!

Tontorraren aipamenak, eta gezien txistuak ere bai, gogora ekarri zidaten aipuz soilik ezagutzen nuen zuloa. Begiak lurretik jaso, kosta ahala kosta, eta haren bila aritu nintzen. Alferrik. Baina inguruan egon behar zuen, erabat oker ez banengoen bederen, edota zuloarena gaizki ulertu bat ez bazen, noski.

—Mikel, gogoan al duk behin baino gehiagotan aipatu diguten inguru honetako kobazuloa? Mendia alderik alde zeharkatzen duena edo. Aditua izango duk... —esan nion erdi totelka, oker egoteko posibilitateak urdurituta.

—Bai, aditua diat. Bai horixe! —harengan ere argitxo bat piztu zen—. Gailurretik ezkerraldera omen zagok.

—Beraz, inguruan egon behar dik. Ea aurkitzen dugun! Bestela... Tontorreraino ez gaituk ailegatuko, begi-bistan zagok, nik ezin diat; hortaz, zuloa ala sua, ez diagu beste aukerarik.

Garrek ikaraturik, zuloaren bila hasi ginen. Ez zen lan erraza izan, ez horixe. Etsaien hatsak kasik entzun genitzakeelarik azaldu zen zulo ilun estua. Zelako lasaitua!

—Egun argiz ausartak zarete; ea lur barruan sartzeko adorea duzuen! —esan zien Mikelek oihuka.

Sugeak bagina bezala, hauek bezain erraz, lerratu ginen zulotik barrura. Hasieran estu, poliki-poliki zabalduz joan zen. Etsi--etsian lur abegikorraren magalean babestu ginen. Uste bezala gure etsaiak ez ziren gai izan zuloan sartzeko. Hau dela eta, kobazuloa estutzen zen alderdi batera iritsita, geraldi bat egin genuen, atseden hartzeko asmoz.

—Zer, aurrera? —galdetu zidan Mikelek handik pixka batera.

—Aurrera, noski. Kobak mendia zeharkatzen omen dik.

Aurrera egin genuen. Egin ahal izateko, ordea, aurretik motxila sartu behar izan genuen, estua baitzen oso tartea. Mikel abiatu zen lehena. Motxilaren atzetik zulo ilunean desagertzen ikusi nuen.

Laster beste horrenbeste egin nuen nik. Arrastaka zeharkatu nuen zuloaren tarte estua, ozta-ozta gainera, hain baitzen estua. Hiruzpalau metro izango ziren estuenak, gero zertxobait zabalagotzen zen, baina gutxi. Mikel, antza, aurrerago zegoen. Hots egin nion:

—Mikel

Nire deiak ez zuen erantzunik jaso. Une batez adi egon nintzen baina ez nuen hotsik ere aditu. Berriro egin nion hots. Alferrik orduan ere. Jarraitzea erabaki nuen.

Itsu-itsuan egin nuen aurrera, pasabide estua ahalbait azkarren zeharkatzeko asmoz. Ez zen zabaltzen, ordea, atzera estutu baizik, arestiko ustearen kontra. Linternaren argia zuloaren hondorantz zuzendu nuen. Iluntasunak galarazi zion bidea. Baita argitasuna moteldu ere, ahuldu, zurbildu...

Barnegiroa itogarri bilakatu zen. Begiak lausoturik neuzkan, burua zorabiaturik... baina itolarria zen larriena ...

Dei egin nahi izan nion Mikeli. Ahozulotik garrasi moduko zerbait irten zitzaidan, hots ulertezina, adiezina...

XVII
ITZULERA

Eguzkiak behe lainoa urratzen duenean bezalaxe joan ziren nire inguruko irudiak sortzen, laino arin batean bilduta, higatuak bailiran. Hasieran emeki-emeki eta zirriborrotsu; gero, azkarrago eta garbiago; eta, azkenik, arrapaladan eta guztiz gardenak. Harriturik begietsi nuen miraria, alde guztietara begira, nire begiek zekuskitena sinetsi ezinik.

Izan ere, ez nituen ikusi ziega hotz baten horma ilunak, ezta ustezko zaindarien artilezko galtza eta larruzko zamarra zikinak ere, eta bai pareta zuri-zuriak, berotasun gozoa eta guztiz bestelakoak ziren gizakumeak.

Non nengoen? Zer ziren eskumuturrean neuzkan plastikozko hodiskak? Nor zen aldameneko ohean lozorroan zegoena... Hara, bera zen, bai, bera... Mikel, nire lagun mina!

Adierazi ezina izan zen sentitu nuen poza. Ez nintzen ametsetan ari, ez horixe, itzuliak ginen Erdi Arotik, itzuliak ginen!

Nirea bezain handia izan zen gelan zeudenena ere, noski, nire amarena eta Mikelen arrebarena. Begiak malkoz bete zitzaizkien nik sena berreskuratzen nuela ohartuta.

Berehala, ordea, gogoetetan murgildu nintzen, galdera-uholde batek beharturik. Itzulia nintzela... Nondik? Bidaia ikaragarri batetik ala amets zoro batetik? Ezbaietan geratu nintzen.

Nekatuta nengoen, bestalde, arras nekatuta! Baina neke eta guzti, arestian irudiak bezalaxe, oroimenaren pantailan gertaturiko guztia hasi zen agertzen, bizi-bizi, garbi-garbi eta... erabat txundigarri!

—Edurne, Mikel ere... badator, begiak zabaldu ditu, senera dator! —pozarren aditu nuen.

A ze nahasketa! Erdi Aroan ibili al ginen?... Bai ote? Horixe baietz! Baina nola eman aditzera...? Ez ote zen zoraldi bat izango...?

Hodiskarik gabe neukan besoa luzatu nuen: urraduraz josita zegoen. Hala ere, ez nuen luzatu urradurak ikusteko asmoz, ez horixe, hatzak ikusteko baizik, hatz nagia hain justu ere. Estu eta larri begirada besotik behera lerratu nuen, geldiro, bidea burutzeko beldurrez edo.

Hara han zilarrezko eraztuna! Zirrara batek goitik behera astindu ninduen. Ez, gogoan nuena, argi eta garbi gainera, ez zen amets bat, bai zera, ahantzezinezko abentura bat baizik. Nolanahi ere, egiazkoa izan arren, ametsa, ameskeria edo gisa bereko moduan geratuko zen Mikel eta bion artean. Ezin bestela izan, jakina.

Nork sinetsiko zigun...?

—Nola iritsi gara? —galdetu nien, ahalegin handia eginik.

—Galdetzea ere! Bi egun bila aritu ondoren, haitzuloa goitik behera alferrik arakatu eta gero azaldu zarete, Arastortz mendi inguruan, Koai baserritik gertu. Eta nola! Begiak zabalik baina mundutik kanpo, horrelaxe aurkitu zaituztete. Zuekin bihotza airean eduki behar beti! Non demontre sartu zarete? —esan zuen nire amak, haserre eta pozik ald berean.

—Kobazuloan galdu ginen —esan nion, zerbait esateagatik.

—Ba, mendiaren beste puntan azaldu zarete, biok burua nahastuta, Erdi Aroari buruzko hitz ulertezinak marmartuz. Zer haize boladak jo zaituzte oraingoan? —Mikelen arrebak serios, beti bezala gure zaletasunak ulertu ezinik, etxeko eta herriko erosotasunera ohituta.

—Ez dut ezer gogoratzen —gezurra esan nuen badaezpada—, ezertxo ere ez. Ezta honaino nola iritsi garen ere.

—Shockak jota biok —jarraitu zuen—. Hortaz, ez da harritzekoa ezer ez gogoratzea, ezta txorakeriak esatea ere. Baita leher eginda ere, sendagileek esan digutenez. Nola zabiltzaten!

—Aitor... —Mikelek hitz egin zuen, ahots apalez baina alai—, itzuli gaituk, ezta?

—Ea eskarmentua hartuta itzuli zareten! —nire amak.

Mikeli begiratu nion. Irribarre zabala zuen aurpegian. Besoa luzatu zidan; beste horrenbeste egin nion nik. Elkarri eman genion bostekoa. Eraztuna ikusi zuen.

—Eraztuna... —arestian bezain apal hitz egin zuen—. Orduan... ez duk amets bat izan, han ibili gaituk!

—Horixe ibili garela!

—Erlojua, Aitor, erlojua! Bazabilek, eta ongi gainera! —jarraitu zuen, poza eta harridura nahastuak, eskumuturrean zeukanatik horman zegoen ordulariari begira.

—Nirea ere bai! —pantailatxoarena ohi bezala zegoela ohartu nintzen.

—Zertan ari zarete? —Mikelen arrebak, susmoak hartuta—. Burua galtzen berriro?

—Ez, burua berreskuratzen —nebak alai.

Une hartantxe sinatu genuen isileko ituna, gaur arte isilpean gorde duguna eta, orain, etxean ere gauzak bere onera etorriak, orri hauetan azaldu dudana. Badakit, noski, gure abentura sinesgaitza dela, dakidan bezala zorotzat edo gezurtitzat hartuak izateko arriskua dugula. Ez zen harritzekoa izango, gaineratuko nuke. Hala ere...

Hor dago Ataun herria, kutsu magikoa dariola egun ere; eta bere mugetan kobazuloa, jakina, baita gazteluaren azken aztarnak, edota Bernoako galtzada eta Mikel eta biok ibiliriko gainerako bazterrak.

Aldatuak, baina seiehun urte pasa eta gero bizirik bezala guretzat! Eta nire hatz nagusian... Nire hatz nagusian, zilarrezko eraztuna!

BEASAIN, 1998-4-12

AURKIBIDEA